陌陌花開

歸陌 著

目錄

最后一夜

兩天前的早晨發現 River 開始不吃飯了，貓糧不吃、貓罐頭不吃、牛奶也不喝，只喝點兒水，我突然意識到他這是跟人老了一樣開始清腸準備辭世。River 已經 16 歲 8 個月，按照人的年齡應該是 80 多歲的暮年，食量一年比一年小，一年比一年活動少，現在是深秋，更是一天 20 幾個小時在睡覺。

儘管明白他是要善終了，還是不忍心放他走，灌了營養補劑，結果導致了他腹瀉。也許是有了些許的能量補給吧，第二天 River 精神稍好，居然像往常一樣陪著我起床、如廁、洗漱，在自己的飯盆間轉了轉像要吃東西的意思，我趕緊把各種乾的、濕的、流體的食物擺了一排，他只聞了聞加了腸外營養劑的牛奶，最後喝了點兒水就去休息了。不死心啊！又給他灌止瀉的藥，結果剛灌完就吐了出來；再灌營養液，這回灌完像對小嬰兒似的豎著抱起來拍背，讓營養液都進到胃里，當初學的那點兒兒科知識和動物實驗室處理動物的手藝都想起來了。可是，3 個小時後 River 又開始腹瀉，他是不準備再有任何東西在腸胃里了。

第三天早晨，River 精神更好一些，前一天走路還搖搖晃晃，今天居然走的穩了，看到他吃了就腹瀉的難受勁兒，我決定不再難為他，順其自然吧！也許他會想明白，不捨得撇下我而堅強地再活幾年吶？也許這是回光返照，是他留給我的最後時光。看看他挺安靜地在睡覺，出門去會了個朋友，還吃了頓飯，等晚上回到家發現 River 不見了，最後在衛生間里側的衣帽間發現了他，正有氣無力地趴在冰涼的地板上。把他抱回臥室的墊子上，他又掙扎著晃悠到衛生間。反復了幾回，我意識到情況不對，貓一般不會死在家裡，將死之時會逃到戶外去，作為一隻家養的貓，River 選擇了最僻靜的場所等死，免得污了我的臥室和起居室，我的貼心的兒子呀！我決定安靜地守候他直到最後一刻，可是 River 看見我就躲，我一開燈他就無所適從，看著他難受的樣子，還是去醫院吧！儘管醫生也輓救不了他，至少會讓他好過一些。於是，給 River 厚厚地裹上毛巾被，抱著他出了門。River 剛不對勁時也咨詢過養貓的專家，她認為 River 是太老了，去醫院肯定是要做各種化學和物理檢測，光這些檢測就夠痛苦的，還不光是花錢的問題，簡直是花錢買罪受，所以就暫時沒有去寵物醫院。

寵物醫院只有幾百米的距離，晚上 8 點多，路上行人不多了，路燈亮著，店鋪的招牌閃著，一看見耀眼的燈光，River虛弱無光的眼睛亮了，大睜著，還轉著腦袋想看看清楚，就像他小時一樣。

沒有等就看上了醫生，簡單的問診後醫生含蓄地問我：

「您打算讓寶寶舒服點兒？還是要做檢查搶救一下試一試？」

我明白，她是想問我是否同意安樂死。我願意讓River少受罪，可是我也下不了決心就讓他這麼離我而去，萬一，萬一要是有一線生機吶？是我自私！

「那就再做一下檢查再定吧！」

醫生準備給River抽血做血氣分析，為了保險直接從頸靜脈抽血，但是試了兩針還是沒有抽出足夠的血，怕River太痛苦，我決定放棄了。要求醫生給補液，打了一針抗生素和止吐藥，這樣River會好受些。

打完針問好醫院明天幾點開始營業，也問清了醫院是否可以給做安樂死，抱著River慢慢回家。我清楚，River挺不過這一關了，今晚他也許就會離我而去，否則明天我也不再忍心讓他繼續受苦。把River裹好，緊緊抱在懷裡怕他受凍，慢慢帶他回家，讓他再最後看一看這外面的五彩斑斕的世界吧！River乖巧地躺在我的懷裡，瞪大了眼睛，先是看頭頂的燈光，間或轉一轉頭看看路過的美女，像小時候一樣好色。

十六年前，也就是SARS之後的一年，五月里的一天傍晚我從貓捨把River接回了家，當時還住在順義郊區，開車回去也要一個多小時。那時的River只有4個月，身長不足我的一個巴掌，圓滾滾的。

我從年初就在這家貓捨交了定金，我想要一隻異國短毛、男性的、藍貓，到了5月份才等到通知，說是有了一隻。我第一次去看時，發現這只貓體形小，骨骼也細小，後腿成X型，起碼不夠健壯，不是我喜歡的那種健壯能長得比較大和胖的樣子。但是，貓捨的主人強調說：

「臉型好，眼位靠下；你看眼和鼻在一個水平而且在臉的下1/2還要靠下，這眼睛多圓多大啊！關鍵是性格很好，能整天抱著。可以先抱回去養一個星期，如果不滿意再退回來。」

這時 River 已經磨磨唧唧坐到我的腿上，蹭著我的手給他撓癢癢。我看著 River 賴在我身上不想走，一心求收養的樣兒，不忍心地說：

「你覺得養一個星期，我還會捨得給你送回來嘛？」

於是，我帶著 River 和他習慣的飯盆回家了，因為這個品種的貓臉是扁平的，用普通貓的飯盆吃飯不方便，外面又不好買到這種特殊的飯盆，貓捨主人就把 River 的飯盆送給了我。

至於他的名字，是在等待他的時候就起好的。據說水旺財，那時剛剛經歷了 2003 年的非典，公司的生意有了一些起色，希望 River 能給公司帶來財運；同時，我住的那棟樓住戶少，夜間一個人時我有時能聽見異常的響動或者看見影子，問了問這塊地以前是菜地，保不齊農民會把死人埋在自家地裡，其中難免有一兩個冤死的或者沒有好好投胎的，細思極恐！養只貓在家裡可以祛除邪祟，至少夜深人靜也能幫我壯個膽兒。

養了 River 一年後，公司開始走上正常運營的道路，經濟也緩解了，不久就還清了房貸，而後又在城裡買了公寓。我自己的打工生活也莫名地好轉了，第二年老闆居然給我的 Team 三個升職的機會，再之後的幾年連續兩次跳槽，到了一家收入不錯不用加班的甲方公司。

一路上，River 坐在我的腿上，看著車窗外匆匆閃過的樹木和車輛，有時還用小爪趴著車窗往外看個清楚。看著看著，就累了，躺在我的掌心睡著了，我一動不敢動地捧著他，就像捧著一碗水，生怕碗里的水灑出來。路燈亮了，快到家時 River 睡醒了，他躺在我的掌心，睜大圓圓的眼睛，好奇地看著一個一個閃過的路燈，眼睛間或轉動一下，那麼清澈明亮，都看不出他在想什麼，也許什麼都沒在想，只是在看這陌生的世界。

River 到家的第一晚，我抱著他看了自己的貓砂盆、水碗和飯盆的位置，最後把他放在給他預備的墊子上。貓捨的主人說貓自己能找到貓砂不用訓練，我不放心，還是多此一舉讓他瞭解環境。抱著 River 待到半夜，我就留 River

獨自在客廳的墊子上，自己關了臥室的門睡覺去了。不喜歡貓上床和人一起，索性入寢時關門不讓他進來就是了。所以，River 從此養成了只要我就寢他就到客廳去，從來不上床的習慣。

那時我的臥室門是毛玻璃推拉門，每天早晨起床時都能看到 River 小小的身影在門口等著我。後來搬進了城裡的公寓房，臥室沒有門，每天早晨 River 在床邊等著我起床，我睜眼的頭一件事是翻身探頭，和 River 來個 good morning kiss。

我一路和 River 嘮叨著回了家，把他的墊子上鋪了一層暖寶寶，想讓他睡得更溫暖些；10 月下旬的天氣，還不冷，醫生也囑咐要注意保溫。但是，他只躺了一下，就又掙扎著去了衛生間。無奈，我把 River 的墊子移到衛生間，至少他不要躺在冰涼的地板上。然後，我決定今夜就在衛生間守候他一夜。

可是，他並不領情，看我呆的久了，就又從墊子上爬下來，躲進衣帽間。他也許是討厭光線或聲音吧？我關了燈，拉好窗簾，躡手躡腳出了衛生間，豎著耳朵聽著 River 的動靜。

他很安靜，沒有走動聲兒、沒有打鼾聲兒，連呼吸的聲音也聽不到。River 老了之後睡覺開始打呼嚕，由於是扁臉鼻腔不通暢，平時呼吸的聲音也比較重。到了半夜我忍不住迷瞪著了一下，然後隱約聽到 River 走動的聲響，睜眼一看，發現臥室門口，正趴著 River。開了盞小燈，看見 River 正匍匐在臥室門口看著我，你是想最後再看看我嗎？為了不影響他，我把墊子移到臥室門口，又關了燈。

黑暗中，過了一陣子，我聽到 River 在走動，先是到了窗口處，然後又到了床下我頭的位置，這時我聽到 River 的喘息聲，很輕，而且均勻。平時睡覺時，River 有時會躺在床下我枕頭的位置，他覺得這樣離我最近。River 不上床，我睡覺時這個位置是他能夠找到最靠近我頭的位置了，這也許就是他和我的最後告別。聽著 River 的呼吸聲，我又短暫地睡著了一下。

第一天

天亮時，我突然驚醒，River 在哪裡？不會過去了吧？看向臥室門口，墊子上沒有 River，翻身看了一眼床下，也沒有，到了衛生間也沒有，最後在衣帽間看到了趴在地上的 River，一動不動，摸了一下，River 只微微睜開了眼，沒有抬頭。他痛苦，到了最後決斷的時刻了！

River 到家後的第一個早上，我出了臥室，叫著 River 的名字，可是一眼望去並沒有看到他，不在墊子上，不在客廳，也不在廚房，哪兒去了？當時客廳的沙發下面有一塊兜布，我蹲下時看到有個東西從布兜里滾了出來，River 也不怕我，很自然地走到我面前坐下，仰著小圓腦袋，瞪著又圓又大的金色眼睛看著我，那眼睛晶瑩透亮，泛著亮晶晶的光，大而無辜的盯著我，就那麼毫無畏懼地和我對視著。他似乎看透我，但是我卻看不透他，彼時他是強大的！

沒有一根雜毛的藍貓，身子小頭大，確切地說頭太大，走起路來有些搖晃，小身子撐不住大頭的樣子；近乎正圓的滿月臉，腮幫子上一邊一塊嘎達肉；奔兒頭也大，佔了大半張臉；只剩下小半張臉被兩顆大眼睛佔滿了，沒有鼻子，只有兩個小鼻孔，嘴也很小，耳朵也很小。仔細端詳了一會兒，我不由得驚呼一聲：

「媽呀！我這是領回了一隻外星貓嘛？！」

River 進家門是個週末，我陪了他一整天，到中午時他開始喝水、吃貓糧，好像他也沒有什麼不適應的，自然而然就接受了我給他選定的貓糧，一吃一輩子再也沒有更換過品牌，只是隨着年齡的增長更換了針對不同生長階段的品種。

對於一個實驗室出身搞市場調研的人來說，書本、參考資料、別人的經驗、專家的建議等一手和二手資料，早在 River 到來之前就學習過幾個月了；再加上我家也養過幾只貓，有不少經驗教訓。首先就是貓不能吃人的食物，要吃質量可靠的貓糧，一是營養全面身體好，二是對牙齒好不容易長牙結石，三是吃了人的飯容易變成饞貓。從第一天開始，我吃飯都會把 River 轟到一邊去，不許他盯著人吃飯，不許他嘗人的食物，甚至都不讓 River 的飯盆、水碗沾染上人手的氣味。當然，River 吃飯喝水時，我們也都不打擾他，讓他專心吃飯，所以 River 從來不護食，也從來不跟人乞食。最讓我驕傲的是，他一看到我吃東西就自動走開回避。

書上說要給貓梳理毛髮，一方面可以減少家裡貓毛，另一方面可以幫貓放鬆身心，還是增進主人和貓感情的好方法。從 River 進家門的第二天開始，我每天給 River 梳理毛髮，他也很喜歡這個親子活動，一看見我拿起他的小刷子或者聽見刷子在地上敲擊的聲音就顛顛地跑過來，讓我給他梳。其他人討好 River 的方法也是給他梳毛或者給他撓癢癢。由於 River 每天有人梳理毛髮，他始終沒有學會像其他貓咪那樣自己舔毛、洗臉、和整理毛髮，包括洗完澡也是乾站著，等我給他梳理或者自然風乾。River 不會舔自己，當然也不會像別人家的貓那樣舔主人的手，他表達愛意的方式是充滿愛意地盯著你、圍著你轉和親吻，早晨第一次見面、出門剛回來他都會撅著小臉等著親親。

我這個書呆子，看到書上說要定期給貓吃去毛膏，防止毛球堵塞腸胃，就也買了去毛膏，River 來了一個月就餵給他吃了一些。餵過第二天，發現 River 吐了，精神有些萎靡，不再吃貓糧。我焦急地看著他，為了安慰我他就象徵性地吃了幾口貓糧給我看看，以表示「我沒事兒！你放心！」。但是，過了一會兒又全吐了出來，River 病了！我帶著他去醫院，這是 River 第一次去醫院。經確認，River 的病是我照本宣科的結果，他根本就不會自己舔毛，胃里不會有貓毛，去毛膏導致了他嘔吐和輕微發燒。打了一針抗生素，第二天就恢復如常了。不過寵物醫院在 River 心理留下了陰影，接診的醫生是個廣東口音的大男孩，看到 River 胖乎乎的臉就攥著他的腮幫子揉搓，一邊嘴裡念叨著：「大胖臉，好可愛呦！」River 不樂意，說不出來又躲不開，後來每次去醫院看到這個醫生都扭過臉不看他。

River 到家後，怕他不適應新環境，我請了一周的年假在家裡陪他，慢慢也讀懂了他的眼神。有人會認為貓不會說話，和人沒法交流，我倒覺得交流不用語言也挺好，看看 River 的眼神和表情，我能知道他的意思，我相信他能聽懂我的話，看懂我的表情。

我請小 V 過來陪我一起送 River 最後一程，我怕自己下不了狠心。再次把 River 裹好，抱著他往寵物醫院走，這是 River 最後一次去醫院。還是昨晚的女醫生，一看我來就明白了，一邊下處方一邊安慰我：「寶寶在這方面比我們人要幸福，他痛苦的時候我們能夠幫助他，讓他舒舒服服地離開；可是，我們人吶？多少人不都得在病榻上受好幾個月甚至好幾年的苦。」我點頭表示同意。

「過程很快，只有幾分鐘的時間，他就像睡著了一樣，期間沒有任何痛苦。您再陪寶寶待會兒，準備好了叫我過來！」

River 趴在醫生的看診台上，已經站不起來，他屁股對著我，這時努力抬頭想看看我，可是頭已經抬不起來了。我把他轉過來對著我，River 的眼睛已經黯淡，半睜著，和見到他時一樣，我又看不到他的內心了。

現在寵物醫院的醫生護士很人性，一邊安慰著我，一邊哄著 River，給 River 打了最後一針，然後 River 就在我懷裡睡了過去。護士給 River 合上眼睛，幫我把 River 裹好放到寵物用旅行箱里。這個旅行箱是準備迎接 River 來家時買的，只在搬家的時候用過一次。

然後，我就載著 River 去寵物善後公司，一個年輕的小伙子接待了我。他接過River，去給River做最後的清理和修飾，一邊給River擦著皮毛，一邊問我：「您都給他吃什麼呀？一般這麼大年紀的貓毛髮都很稀疏，他這毛還這麼密實。」

「哦！我們從小就吃皇家貓糧，一輩子沒有換過；每周吃一次貓罐頭，沒有其它了。」

「品種貓很多都有遺傳病，壽命不太長，您家的貓算是很長壽了。他也沒有生過什麼病吧？」

「還好！我們只得過幾次小病，大病沒得過。」

「您照料的很精心！他才這樣健康長壽，他會感激您的！」

小伙子一邊安慰我，一邊整理好了 River 的遺容，留我在房間里和 River 最後道別。

和 River 分別後，我開車去了 16 年前接 River 回的第一個家附近，那時為了培養 River 不怕生人，我們在附近吃飯喝咖啡都帶著他，而且這邊的餐館對寵物也很友好，一般都允許帶寵物在戶外就餐。當初給 River 看病的那家寵物醫院還在，醫院的前廳改造成了一家寵物商店，擺了幾貨架的寵物食品、用品，還有幾只寵物在售賣。

晚上，回到家，沒有 River 例行的迎接，晚上聽不到他的動靜，又是一個不眠夜！凌晨時，寵物善後公司的小伙子發來了 River 火化的視頻，一個多小時，River 已經化成了一堆白骨。

他的靈魂已經去往冥界，我等著他頭七時回家最後來和我告別。

第二天

夜裡只斷續睡了幾個小時，儘管睡眠不足，但是並不想再睡，身體儘管疲憊，但精神很亢奮，想再多睡一會兒或者中午補個覺，能合上眼但根本睡不著。今天是周日，在朋友圈發佈了 River 歿了的消息，朋友們表示慰問，把一個禮拜的飯局約滿了；好在有個好人緣，遇到痛苦的事兒還有朋友肯伸把手幫我分擔排解。

給 River 畫過三幅油畫畫像，都是 River 和瓶花的組合，只是 River 的姿態不同，花兒不太一樣而已。我把三幅畫像擺好，把買的鮮花插入瓶中擺在畫像前，等著 River 的骨灰到了就把他供在這裡。他的肉身已經沒了，靈魂或者中陰身還在遊蕩，我等著他。

River 是男貓，一歲時做了去勢手術。手術前和手術之後的幾年他對女性尤其是年輕女性、穿著艷麗的女性、或者大胸的女性有特別的偏愛。小時一抱著他，就使勁往上爬，直到他的小爪能摸到胸的位置。

一次我們 4 個女朋友約在一個可以帶寵物去的鄉村俱樂部玩兒，River 也被帶去了。看到 River 憨憨的很可愛，幾個朋友都要求抱一抱，其中一個朋友很瘦，River 在她懷裡待了一會就掙扎著想回到我身上。這時又來了一個朋友，年紀和我們差不多，但是比較豐滿，而且穿了有紐扣的襯衫，這個朋友來了之後就站在我的身後，我們一起看鳥類表演。這時，River 趁這位豐滿的朋友離我稍近的時候使勁往人家身上爬，要人家抱他。

「嘿！他喜歡我嘿！」朋友叫了一聲把他接過去，River 順勢往人家肩膀上爬了爬，正好一隻小爪搭在人家肩膀上，另一隻小爪順勢從襯衫兩個扣子間伸了進去。朋友低頭看了一眼：

「那麼小就會耍流氓了！」那時 River 也就半歲，還很小，朋友也沒有介意他的流氓行為，他的這一舉動逗得我們幾個都樂了。

來鄉村俱樂部的有帶貓、有帶狗的，想讓 River 看看有沒有他喜歡的小母貓，可是他對所有的貓都沒有興趣，可能太小還不到找女朋友的年紀？在以後的日子里，River 也從來沒有對同類，不管是男貓還是女貓表示過興趣。據說，他這個品種的貓是最善嫉妒的寵物，只會一心一意愛著人類，獨佔主人的全部愛。River 進入老年時，我曾經想再多養一隻貓陪他，一位懂貓的朋友勸阻了我，「你再養一隻，他會生氣；尤其他又那麼老了，弄不好能氣死他。」River 儘管對其他的貓沒有興趣，但是也不像其他的貓會怕狗。我們幾個在鄉村俱樂部吃飯時，River 為了回避我們就餐，就靠著餐桌腿眯著眼睛打瞌睡。有兩只路過的狗看見他，一隻慢慢靠近，不停地聞，見 River 沒有反應就再靠近一點兒，終於侵犯了 River 的勢力範圍，River 張嘴嚇唬了狗一下，那只狗掉頭跑了；另外一隻狗見狀就乎近乎遠地移動，不敢靠太近，同時開始汪汪地衝 River 叫喚，River 睜眼看了一下狗，又繼續打瞌睡，後來狗的主人把自家的狗抱走了。作為半歲大貓，River 是從小不怕狗的。去勢之後，我就更不報希望 River 會喜歡上哪只貓了。

River 喜歡豐滿女性或者女性胸部可以理解為他斷奶太早，還在一直尋找親生母親的替代品。夏天時表姐洗完澡沒有穿上衣坐在沙發上擦頭髮，River 看見表姐裸著的晃動著的大乳房，不錯眼珠地盯著雙奶跳上沙發站在表姐旁邊，看了一會兒，終於忍不住，從表姐腋下伸出小爪子貪婪地摸了一下顫動的乳房。

在將近 17 年的日子里，River 也戀愛過一回。那是在去勢之後的幾年，我家住的是沒有電梯、一梯兩戶的住宅，我家住三樓，四樓的那家養了一隻中型的牧羊犬，叫球球，好像是只公狗；他家主人還收養了一隻流浪貓。每天傍晚球球去散步時，貓也跟著一起去、一起回。開始時，River 在晚上時總是要求出門，我開了門他也不往樓下跑，而是跑到四樓球球家門口聞來聞去，我以為他是惦記球球家剛收養的流浪貓。可是，也不對，有一次球球和流浪貓在樓下散步時正碰上我抱著 River 從外面回來，River 看都沒看那只貓，一直盯著球球看。一天傍晚，聽到球球在樓下的聲音，River 迫不及待地讓我開門，我開了門，River 就站在門口等著球球，等球球到了三樓時，River 熱切地想邁腿走上前打招呼，可是，球球只看了一眼 River，就不屑地繼續上樓回家了。那只跟在後面的貓路過我家門口看了看僵呆的River，好像是問「要不咱倆談談？」

可是River已經呆愣在那裡沒有反應了。等球球和貓都回了自家關了門，River還呆立在自家門口，我叫了一聲：

「River！回來吧，人家回家了。」

River緩過神兒來，吧唧了一下小嘴兒，灰溜溜地找了嘎啦躲起來了，一晚上都不好意思出來。從此以後，不再要求出門去球球家門口等待，聽到球球的動靜也不再有反應。這就是River唯一的一次戀愛，以單戀開始，以失戀告終！

隨著年齡的增長，River對人的喜好也發生著變化，年輕時喜歡女性、豐滿的女性、年輕的女性、或穿著漂亮的女性；後來，喜歡上了電視里的舒淇。我們看電視時River也跟著一起看，感興趣就起身抻著脖子使勁看，不感興趣就睡覺。一次我看一部電影，舒淇一出現River就睜開眼睛盯著，沒有舒淇的鏡頭時就眯著眼睛。過了幾年，舒淇的電影他沒興趣了，我看電視劇《百草堂》，每天晚上只要斯琴高娃一出現，River就精神。再後來，我們搬進了城裡的小公寓，有一天電視里做採訪節目，一出現靳東，River就跳到椅子背上去看靳東，還伸出爪子在電視上摸；一換鏡頭是女主持人，River就跳下來；很明顯，老年的River改喜歡中年大叔了！以前River是討厭男性，現在對男性，尤其是大叔特有興趣，來家裡維修的基本都是大叔，每次維修工來了River都在旁邊看著，陪著人家把活乾完，有時還允許人家摸摸他，這在以前是根本不可能的。

「我是不是很不人道？沒有讓River嘗到天倫之樂，早早就給他做手術了」我問我的朋友。

朋友是90後，「從貓捨把貓買回來不是都要做手術嗎？我的貓買回來也做了手術啊！」

「哦！現在是這樣了，真是不同了，16 年前我去給 River 做手術，還有人說我不講貓道，剝奪了 River 生殖繁衍的權力。」

晚上回家開門，我還是習慣性地喊了聲：「River，媽媽回來了！」等了一會兒，沒有 River 顛顛地出來迎接我，我也沒有貓可以撓一撓了。晚上，寵物善後公司發來消息，River 的骨灰已經寄出了，明天我等著迎接 River 的骨灰回家。

第三天

今天 River 的骨灰會送來，今天焦阿姨來家裡看我。

在養 River 前兩年焦阿姨就已經開始幫我操持家務，直到今年因為疫情不方便出門才離開我，十幾年的感情和她對我的照顧，我們已經成為親人了；我出差旅遊外出的時候，都是焦阿姨在照顧River，她和River也有很深的感情。

看到朋友圈里 River 病了的消息，焦阿姨一邊問候一邊勸我注意身體，「趁天氣好時多出門去曬曬太陽」。焦阿姨儘管沒有接受過太多正規教育，來源於生活的經驗很豐富，多曬太陽可以振奮陽氣，使心情愉悅。

焦阿姨不放心我，一早就到了，不一會兒功夫 River 的骨灰也送到了。安置好 River 的骨灰，焦阿姨跟我又談起了 River。

「我還記得 River 小時候，那時候客廳大，他從這頭兒蹭蹭蹭跑到陽台那頭兒，到陽台落地窗那兒就剎不住了，一頭撞在玻璃上；有時是沒看好道兒，一頭撞在沙發腿兒上。撞完後自己在那兒楞會兒，然後接著跑。」

「我拖地時，River 就一直跟著拖布跑來跑去。跑累了就趴到沙發上看著。小時候多活潑啊！等進了城，他也老了，我來乾活他也懶得跟著了，自己在臥室的床底下趴著睡覺。等我乾完活兒要走了，跟他說‘River 出來了，我要走了，你不能在臥室呆著。’他就聽話地出去了。」

「以前一直以為人家笨，自己不會開門。有一次你不在家，我來了發現臥室的門半開著，我心想壞了，進來人了！發現沒人。後來有次看到 River 跳起來，拔一下門把手就能把門打開了，可聰明暸！從此以後，我走的時候都把臥室的門鎖一道。」

「River 可聰明暸，你跟他說他都明白，就是不會說話，我每次來了都是邊跟他嘮叨一邊乾活，我沒把他當動物對待，就把他當個小人兒看。你不在的時候我要給他洗臉就說‘來洗白白啦！’他就乖乖讓我抱著洗臉。」

「River 最大好處是不巴拉東西！以前我乾活，他就跳到台子上看著我乾，有東西都小心繞開，不像有的貓把台子上的東西都巴拉下去。可乖了！後來老了，台子也跳不上去了。」

聽說寵物會隨主人，不知是天生的還是由於跟了我，反正我倆運動能力都不強。我自己的家絕對不能有過多傢具，尤其是不能有茶几，因為我總是磕磕撞撞，茶几經常會把腿磕得青一塊紫一塊，可能是因為我判斷不好距離，走路也經常不看道兒。River 也是這樣，在跑來跑去的時候不是撞到沙發腿上、門框上，就是撞到玻璃上，還有跑著跑著撞到人腿上的時候。我是沒有一項運動特長，排球籃球都學過，就是接不到球；學過兩次網球，只有教練把球發到手邊才打得到，其它只會瞎跑接不到球；學過馬術，從馬上摔下來得了腦震蕩後就不敢再上馬了。River 到家時 4 個月，沙發跳不上去（我家沙發比膝蓋略高），能和我親近的時候是我如廁時，他可以順著褲腿爬到膝蓋上和我親熱一會兒。有一天晚上，我聽到衛生間有動靜，開燈去看時發現 River 掉在了馬桶里，扒著馬桶邊兒，因為滑爬不出來，也跳不出來。從此，馬桶一定要蓋蓋兒。還有一次我泡完澡剛出來，River 好奇可能是想看看浴缸里是啥吧？努了努力跳了上去，沒站穩，一打滑就掉到了浴缸里。River 一歲時差不多才能跳到桌子的高度，一歲以後才能跳到操作台上，終生也沒有像人家的貓那樣能上躥下跳，甚至能跳到衣櫃頂上。

貓是老虎的師傅，唯獨沒有把爬樹的功夫交給老虎，所以我認為貓天生都會爬樹。樓上球球家的貓出去玩兒時有時就會上了樹不肯回家，能看見女主人拿著飯盆在樹下叫他下來回家。我也想試試 River 能不能爬樹，找了一顆矮一些的小樹，抱著 River 把他的爪子往樹幹上搭，他根本就沒有要抱住樹幹的意思，扭頭又趴到我肩上。所以，我家也不用給 River 準備貓爬架什麼的，他根本就不會玩兒。

「River 不會說話吧，你從他的眼神能看出變化。要是你出門了，我剛一開門，他就歡蹦亂跳地跑出來了，眼裡放著光兒，以為是你吶，發現不是，耷拉了臉，慢慢走過來跟我打招呼，讓我給撓撓脖子。等下次再來，他出來就沒那麼快了，得我叫他‘River！ River！’他才懶洋洋地出來，先抻脖兒看看是誰，再上來打招呼。」

「我一來先得給他洗水碗、飯盆，以前沒有淨水器，他得喝開水，先給他晾上，他就坐在台子上巴巴地等著喝水。他是一點兒髒水不喝，渴著也等我來了給他刷完碗再喝。等水涼了，他就一通那個喝呀！都不帶抬頭的。」

River 對吃的東西不挑，一輩子都是同一個品牌的貓糧，但是水碗和飯盆一定要乾淨，過了一天不給洗就不再吃喝了，所以，別人家的貓給留足夠多的糧食和水就可以自己待一周，River 要每天有人來給洗碗鏟屎，不然就渴著、餓著、憋著。

不但因為沒有貓媽媽教導，River 不會自己梳理毛髮，自始至終 River 也不會掩埋糞便。據說：貓不髒天，狗不髒地，就是說貓應該天生就會把糞便掩埋好防止天敵發現自己的蹤跡。可能是沒有母貓教吧？River 拉完臭臭，只會撓撓砂盆邊，做個要埋糞便的動作，並不能真正埋上。不幸的是，不知道貓糧里有什麼，River 的糞便格外臭，估計他自己也覺得難以忍受的味兒，盡量趁家裡有人時才拉臭臭，以便有人能及時給他鏟屎。

家裡長時間沒人時，砂盆里最多有兩塊臭臭，一邊一塊；等有人給他收拾好了，River 才迫不及待地進去解決他的內務。

這個可能也隨了我，吃的未必有多好，乾淨就行；穿的不管多高級，都要過遍水，每年夏季都會把一批衣服用消毒水泡掉色兒或者洗破了。

焦阿姨陪我到下午才走，看著我失去了 River 一個人孤單，焦阿姨決定下周回來繼續幫我，順帶給我做個伴兒。當然，也因為聽說我對現在的阿姨不滿意。

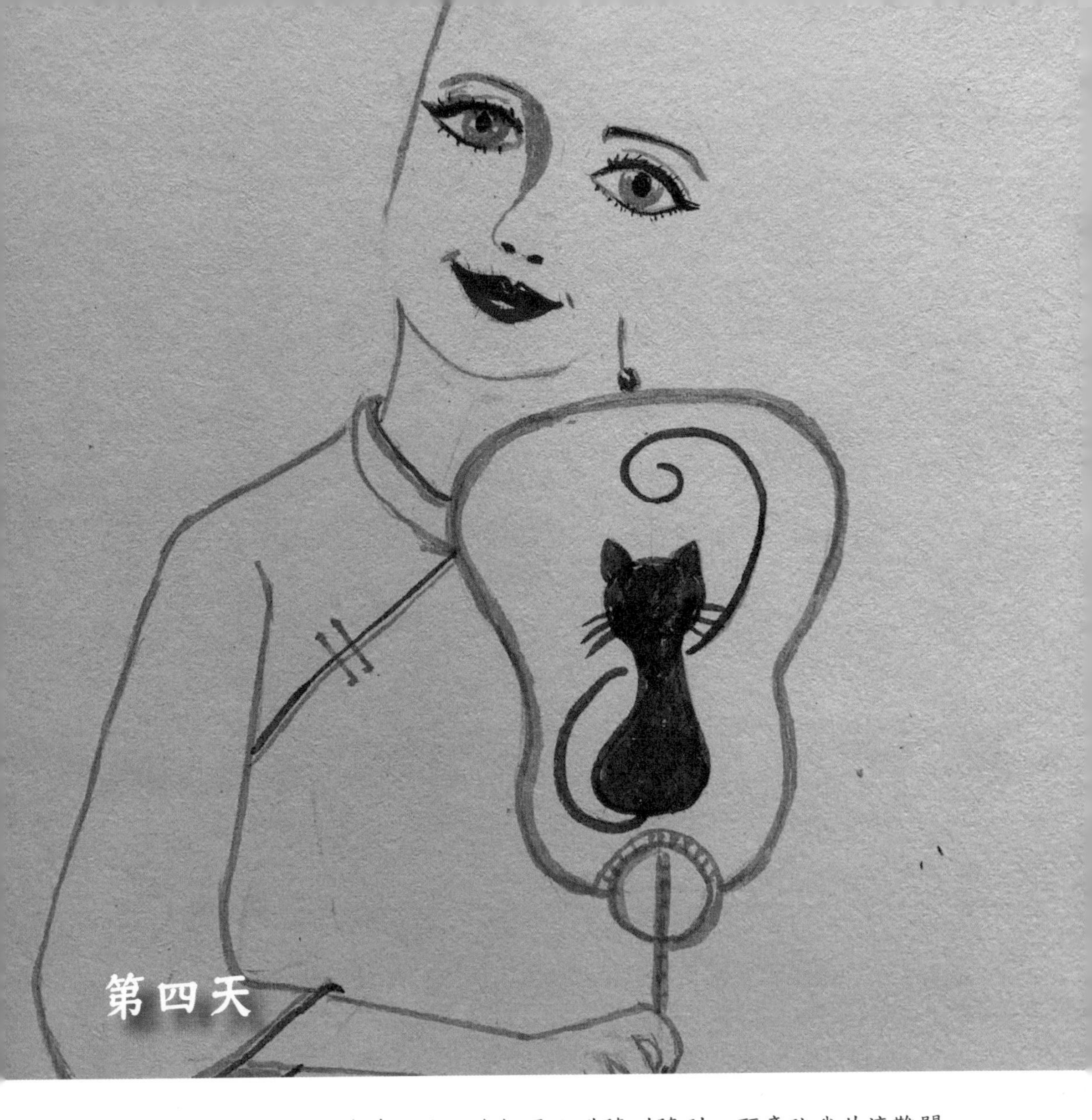

第四天

週末的時候李斌就說隨時可約，吃飯喝咖啡隨叫隨到，願意陪我共渡難關，我們最終約了今晚。出門約會前洗臉、化妝，總不能邋里邋遢出門，臨出門前習慣性地說了聲「媽媽出去一下哈，晚上就回來。」沒有 River 跑出來目送我離去，我看了一眼 River 的畫像和骨灰，鎖上門走了。

幾天來，感覺家裡真是靜的出奇，儘管 River 在世時也不會有太大的動靜，但是那不一樣，那時我能感覺到他在。

River 來到家裡後，從來沒有叫過，開始我認為是他剛來認生，後來發現他看著我時有時也會張嘴，似乎是在叫，但聽不到聲音。我打電話給貓捨主人：「您給我的貓是啞巴！都一個禮拜了，從來沒叫過，能看見他張嘴，但聽不見聲兒。」

「這個品種的貓叫聲都很小，有些小到人根本聽不見。」

就這樣我養了一隻小啞巴。你叫「River!」聽不見他答應，然後就等著吧，等他反應過來指定會跑過來找你。當然，River 運動系統不發達，反應速度也比較慢。我試驗過，聽到叫他的名字，他先動一下耳朵，確認那聲音是自己的名字；再想一想，是有人召喚自己吶；想明白了，就跳起來跑向聲音的來源。這個過程比較慢，所以，我們都習慣了，進門時叫一聲「River！」，然後開始脫外套、換鞋，等鞋換好了 River 就跑到門口迎接你了。通常的儀式是給他撓撓脖子下面和耳朵後面，這時他會發出呼嚕呼嚕的貓喘，表示他舒服愉快；最喜歡的是撓他胸前毛最厚的地方，一撓那個地方，River 就高興地不停吧唧嘴，我管他那塊肉叫癢癢肉。

討好 River 很簡單，來家裡玩兒的人不用帶貓罐頭、貓零食，反正他也不隨便吃東西，只要給他梳毛、或者給他撓撓癢癢就很高興了。撓美了，就在你腿邊兒蹭過來，再蹭過去。

貓不會叫，家裡很安靜，但也有不好的地方，就是 River 遇到事情不能求救。他喜歡鑽洞，要是打開了櫃門，River 會爭著往里鑽。有幾次，我打開櫃門拿東西，關櫃門時忘記 River 在櫃子里了，或者 River 趁我不注意自己鑽進去的，他就會被關在櫃子里很長時間，直到我想起來，或者好長時間沒有見到他，翻箱倒櫃地打開所有櫃門才能找到他。有過兩次，把 River 關在櫃子里過夜的經歷之後，我就養成了睡覺前、出門前確認一遍 River 在那兒的習慣。

有一次晚上就寢前，River 想去走廊里溜達溜達，我就放他出去了，之後就忘記鎖門直接上床睡覺了。早晨起來時，叫了一聲「River！」，等了一會兒，沒見回應，我就下地去找。碰巧鄰居剛出門，說了句：「怎麼給關外面了？打開門讓他回家吧！」這一夜，River 在門外呆了一晚上。

有一次，表姐先回的家，打來電話：「不得了了 !River 不見了！」

「別著急！先找找是不是在床底下、衛生間？」我淡定地說。

「都找了，床底下、沙發底下我都找了，都沒有！」

「那就打開所有的櫃子，不定被鎖在哪個櫃子里了。」

最後是在水槽下面的儲物櫃里把 River 找到了，「他跟沒事人兒似的，抖抖毛兒，就去喝水了。」表姐憤憤地說。

「肯定是上午阿姨打掃衛生時不小心把他關在裡面了，憋了半天可不就渴了嘛？」我替 River 解釋到。

所以，阿姨打掃時都會把所有的櫃子裡外都擦乾淨，免得 River 進去把毛蹭髒了。

待到 River 長到 4、5 歲時，也能偶爾叫一兩聲，通常是在早晨，吱、吱的兩聲，音量不大，根本不像貓叫，更像小老鼠的叫聲（本人在實驗室工作過）。我也不明白 River 大早晨叫那兩聲有什麼意義，大約只是高興抒發一下情感吧。

說起 River 愛乾淨，不肯喝隔夜的水，但唯獨愛喝我的洗臉水。有一次我早晨洗完臉，還沒把洗臉水倒掉，River 湊上去聞了聞，就喝了起來。就此我還請教過寵物醫生也查過度娘，有的貓不愛喝自己水碗里的水，據說是因為討厭洗水碗用的洗滌產品的味道，所以寧可去喝地上的髒水，儘管髒，沒有化學品味道。River 的水碗，我都認真地用流動水沖洗，沒有洗臉水時他就喝自己水碗的水；而且，我的臉上有化妝品，有時洗澡水里多少會有洗發液，他怎麼還喝？寵物醫生的解釋是 River 喜歡化學品的香味兒，如果他不喝自己水碗里的水可以考慮把洗發液抹在水碗的外面，讓他只聞到味道，喝不到洗發水就可以了。好在，沒有洗臉水時 River 照常喝水碗里的水，喝完洗臉水也沒有不良反應，我就隨他去了，也許這也是他親近我的方法之一，把我的味道喝進肚子。

River 喜歡跟著人，只要他醒著，你幹什麼他就在旁邊陪著。我洗臉化妝時他就坐在腳邊，大了一些能跳的高了，就跳到梳妝台上看著。我噴香水時，他就會仰著頭，小鼻子使勁抽動，他好像不討厭我的香水味兒。我也想過把我的香水分享給他，又怕對他的皮毛不好，就讓他聞聞我就行了。

River 從一到家就習慣了跟著人轉悠，小的時候會一步不拉地跟著，和腳後跟保持不到半米的距離，如果人站下了，他就在腳邊坐下，所以經常會不小心踩到他。長大一些，River 跟人的距離會大一些，但是由於他不聲不響地在腳邊轉悠，還是很容易踩到他。再大一些，他能跳到比較高了，我洗菜做飯刷碗的時候，他會跳到操作台上，坐在不礙事的地兒看著我乾活。據焦阿姨說，她乾活時，River 也這樣坐在台子上陪著她。

直到最近幾年 River 年紀大了，已經跳不到台子上，就還是像小時候一樣，人乾活時他就坐在地上，仰頭看著你，一臉的崇拜、關切。

這就是寵物！他的責任就是陪伴你，時刻關注你，給你溫暖，他的權力就是得到主人的寵愛。

同學見面就跟我說：「我特能理解你！我養過三隻貓，都是收養的流浪貓，都是我親手給他們養老送終的。」

我低頭說：「你知道嗎？River 我養了 16 年 8 個月。」

「我養的最老的一隻是 22 歲！我能體會你的感情，所以我說趕緊陪陪你，轉移一下注意力。」

我們談了很久健身、孩子教育，還規劃了未來的旅遊。

晚上，同學送我回家，進家門時還是習慣性地說了聲「River！媽媽回來了。」知道不會有反應，我走到River畫像前，看著他的畫像說「媽媽回來陪你了！」

晚上，似乎聽到客廳里有點響動，如果是River回來了，就由著他吧！這一夜，我終於睡了一個囫圇覺。

第五天

今兒個約大學同學包餃子，另外一個同學也一同。到了游主任家，她問了下River走後我的情況就沒再說什麼，岔開話題聊些家長里短和工作中的事情。吃完餃子，喝著茶，宋萍說：我爸是這個月4號走的，我的心情也一直不好，快得抑鬱症了！話題又轉到了生老病死、安樂死和養老上。

River 滿一歲時做了去勢手術，而且，手術時他剛好得了真菌性皮炎。醫生做完手術就順便把他的毛剃了，為了方便塗藥。River 因為體型小、骨架也小，體重並不太大，成年後都維持在八斤左右。剃了毛，就能看見肉滾滾的身子了，看不見一根骨頭，尤其小肚子上還長了一坨贅肉，冬天毛長的時候肚子都是耷拉在地上的。寵物醫生一邊揉著他圓溜溜的背，一邊說：「多肥呀！」等麻藥失效後，River 就回家了，頭能抬起來轉動，但是後腿還不能活動，我把他放在墊子上，他的小腦袋一直跟著我轉來轉去，直擔心他的脖子！彆扭斷了。

手術第二天就恢復了，但是皮炎一直時好時壞。這事兒怪我，River 是 5 月進的家門，不久天就熱了，我一方面怕他熱，一方面愛乾淨，就每周給他洗次澡。River 也乖，洗澡也無所謂，放在洗臉池里，他就那麼站著讓人把他淋濕、打洗發水、衝水；唯獨洗完後，他不會舔毛，又討厭吹風機的噪音，就只能擦擦乾，等著自然風乾了。貓咪的皮膚脆弱，頻繁洗澡破壞了皮膚的保護層，降低了皮膚的抵抗力；不能及時吹乾，導致了空氣中自然存在的真菌的繁殖；River 從此染上了真菌性皮炎，倒是不影響 River 的日常生活，只是我心裡彆扭。吃藥幾天能好，但是後來時常復發。

後來我總結出經驗，如果我出差時間稍長，River 有可能復發；如果我一段時間頻繁加班很晚，River 有可能復發；如果我最近心情不好，River 也有可能復發。哎！都和我有關係，有時我覺得很愧疚，他這是替我生的病啊？River 的皮炎也傳染給了我，不過我擦了一些藥就好了，也沒再犯。就這樣時好時壞將近兩年的時間，不嚴重但是很熬人，最後終於治好了沒有再犯。

一次一個朋友到家裡來做客，談起 River 的病，他頭一句話說：「那還不把他處理掉！」這就是很多人對待寵物的做法，看著可愛就弄一隻養著，一旦寵物生了病或者有了壞毛病就拋棄了之。可是，這些人就沒有想過，自己是寵物的主人，寵物得病是自己照顧不周全，寵物的壞毛病也是主人沒有教育好的結果。決定養 River 之前我就做好了要照顧他一生一世的準備，不拋棄不放棄，要對他負責到底，有可能是漫長的十幾二十年，要盡量給他最健康的飲食和生活環境；為了不讓他破壞我的生活，要從小規範他的行為，不能有讓人討厭的壞習慣，比如：上床、撓沙發、破壞物品、跟人乞食等。貓是很固執的動物，習慣一旦養成寧死不改。

從小到大，我家斷斷續續養過好幾只貓，每次養的時間都不長就被我娘給送走或者拋棄了，那時我還小，我娘也不跟我說就趁我不在家把貓扔了。有時，是因為貓太饞，有時是因為貓撓沙發撓傢具，有時是因為貓淘氣打壞了瓷器，總之，養的時候隨心所欲，不喜歡的時候說丟就丟。每次我放學回家發現貓不見了，就只能無奈的哭，我娘還笑話我「為一隻貓有什麼可哭的？」為此我很恨我娘，我想要是我也不會說話，要是戶口本上沒我，估計我娘哪天看我不順眼也會把我丟到街上去。我上大學後，又養了一對兒貓，我想留住這兩只貓，不想讓我娘再拋棄他們，就琢磨著教會了這兩只貓用人的廁所，這樣就不用到處找沙子墊貓砂盆了，那時還沒有貓砂賣；貓是神經質都愛撓沙發緩解壓力順帶磨指甲，我就每周給貓鉸指甲，找了塊木板讓他倆磨爪子；長毛貓會掉毛，我就時常給貓洗澡梳毛。當然，他倆有個不好的習慣，就是我們吃飯時，他倆會圍著餐桌轉悠，甚至扒拉人腿要飯吃，這個習慣是我爹給養成的，他總從餐桌上撿些魚刺、肉骨頭餵貓。我養 River 時吸取了教訓，一到人吃飯的時候，一定把 River 轟走，而且決不把人的食物餵貓，人吃飯，貓吃貓糧，劃分嚴格；所以，在這點上 River 很守規矩，一看我坐在桌邊準備吃飯了，即使他還沒有吃上喝上，也會扭頭就走，不敢看我吃飯。

就這樣這兩只貓一直養到我快大學畢業的時候，我父母鬧離婚，我娘單位分了一套更大的房子，我娘要求我們都先搬到新家，佔上房子再離婚，然後我爹再申請新房。搬家時，我娘又嫌棄那兩只貓，拒絕把兩只貓帶到新家去，我那軟弱的爹就開始給兩只貓物色新的人家。我是不樂意！這時我也已經快二十歲了，有了自己的主意，看著自己辛辛苦苦調教的貓，和自己居住了十年的小房子，不忍離去！就對我爹說，「我不願意把貓送人！我也不願意搬家！住這兒挺好。搬過去，過不了幾天，不還得再搬出來嘛？」有我撐腰，我爹也硬氣了一回，決定不搬家了，兩只貓留住了。母貓在我去英國留學時死的，死時十三歲；公貓一直活到十八歲高齡，死在了我爹的懷裡。這兩只貓走的時候，我都沒看見，所以並不很痛苦。

好啦！說回 River，經過兩三年的折騰，最後是徹底根除了他的皮炎。後來他也沒得過其它病，去寵物醫院只是為了打防疫針。後來，搬到城裡的公寓樓，就不再帶 River 出門了，防疫針也不再打了，直到這次才最後去了一次寵物醫院。

有一次我出差表姐帶著 River 住在家裡，半夜表姐拉肚子，一會兒去一趟廁所，最後所而性坐在馬桶上不出來了，據說 River 就一直陪著，表姐在衛生間，River 就坐在旁邊，可憐巴巴地盯著她，一臉的憐憫不安；後來，表姐起來的次數多了，已經是後半夜，River 自己都困得睜不開眼，還是堅持陪在旁邊，表姐讓他去睡覺，他也不走！一直到凌晨，表姐自己吃了藥上床睡覺了，River 才放心地自己睡覺去了。這件事兒是我出差回來表姐告訴我的，並說：「就衝他這麼善良有人性的貓，一定要養他到老！」

後來有兩年我得了失眠，經常半夜起來，開燈看書或者畫畫兒，這時 River 也起來看著，直到我不再到處亂動靜靜坐著，他才找個能看到我的地方趴下，假寐起來。

在游主任家吃完餃子，宋萍送我回家，她給我講了件有點兒神秘詭異的事兒。她父親的保姆，在父親去世前一年回老家了，老人去世後，保姆打電話來問候，並提到剛剛生了個小寶寶，是個男孩兒；宋萍細問，發現寶寶出生的時間正是她父親去世的時間。

第六天

今天決定出門吃個傳統中式早餐，去了桃園眷村，點了豆漿和燒餅夾油條煎蛋，有兩三年沒吃過油條了，並不覺得好吃，上次吃還是在台北，萬老師帶我去的是台灣的永和大王，現磨的豆漿，剛出爐的燒餅，現炸的油條；深秋的北京，店裡給端上來的燒餅油條已經半涼了，只得請服務員把燒餅拿回去熱一下。

據說居家的貓需要玩具、需要主人陪玩兒，River 也不例外，給他買了幾個玩具，有帶響聲的小球、拴著鈴鐺的雞毛等，其中 River 最喜歡的是有雞毛的那個，不過得有人拿著陪他玩兒。平時我把那個雞毛玩具架在椅子背上，方便 River 能自己扒拉著玩兒兩下，不過他好像不會，還是等著我拿著跟他玩兒。有時，他想玩兒了，看我又閒著，就會想辦法把雞毛玩具叼過來，放在我旁邊，然後眼巴巴看著我，我就明白他是想玩兒這個玩具了。

時間長了對這些玩具 River 也會膩煩，他就會自己發明一些遊戲跟我玩兒。他會打我的腳後跟，等我轉身要抓他時他就開始往臥室跑，我得在後面聲音大腳步小地追，到了臥室門口，River 會轉過頭來看著我，然後我伸右腳，他用右爪打一下，我伸左腳，他再用左爪打一下，重復幾次，等 River 累了我就走了，躲在門後，等 River 慢慢出來，看見我的腳，然後再抬頭看看我的臉，這個遊戲才算正式結束。這個是最近幾年 River 發明的遊戲，老了之後，River 對貓玩具失去了興趣，只是每天跟我玩玩兒這種躲貓貓、打腳面的遊戲。

以前我蹲下或者頭接近地面時，River 都會認為我在跟他玩兒。所以，我蹲下系攜帶，他會扒拉著鞋帶玩兒一會；我做瑜伽有頭朝下的動作時，比如下犬式，River 就會跑過來聞聞我的頭。做其它頭朝上的動作時，River 只是坐在一邊參觀；直到最後的瑜伽休息術，我躺在墊子上一動不動，River 會走過來，趴在我肚子上或者肩膀上享受一會兒。

上了年紀以後，River 也跟老頭一樣睡覺打呼嚕，而且聲音還挺大；隨著歲數逐漸加大，打呼嚕的聲兒也一年比一年大，有一次我還錄了一段 River 呼嚕山響的視頻放到了朋友圈。搬進城裡後，我怕 River 老了怕冷，就把他的墊子移到了我的臥室，這有時也成為了我的麻煩。有一次，我半夜醒了睡不著，River 也醒了，起來陪著我呆著。後來我決定聽一段冥想音樂催眠，放上音樂，關上燈，剛聽了一會兒，我還沒入定吶，River 就打起了呼嚕，聲音挺大，我是徹底睡不著了。

天氣熱時，River 願意趴在我床下床頭的位置，這樣離我的頭最近。但是，他睡著了呼嚕越打越響，有時能把我直接吵醒。

書上都說貓不能喝牛奶，所以 River 來了以後我沒敢給他喝牛奶。有一次奶瓶里剩了一點兒牛奶我就把奶瓶扔了，River 去添奶瓶口，我就給他倒了一點兒牛奶，他頭都不抬地一次乾掉，而且喝完也沒有不良反應，我就時常給他喝一點兒。小時候的 River 是太愛喝牛奶了，倒多少喝多少，而且是一氣喝掉，一小碗兒牛奶足以撐得他小肚子圓鼓鼓。每次他喝完牛奶，就會搖搖晃晃地爬上我的腿，仰面躺下，因為喝得太多了，撐得只能肚皮朝上躺著。翻著快漲破的小肚皮，下巴上掛著奶漬，胸腔里發出心滿意足的貓喘聲，嘴裡吹著氣（因為是張著嘴睡的），時不常的還打個飽嗝兒，睡的那叫一個熱鬧！

我只想讓 River 喝點兒牛奶解解渴，誰知他見到牛奶沒命，給多少喝多少，而且喝了牛奶就不吃飯了，等 River 長大一些就不再給他喝牛奶。River 那麼愛喝牛奶，可能跟他離開貓媽時年紀太小有關吧。除了愛喝牛奶，River 也有躺在人旁邊，用小爪子在我大腿上揉來揉去，模仿小貓吃奶的動作；揉著揉著，就開始迷糊，眼睛就閉上了。

吃完這頓差強人意的早餐，溜達著回家，怎麼覺得今天不想見人，只想一個人靜靜了吶？

靜靜地看游主任給我的書，到了傍晚又覺得寂寞，就約了住在附近的珂閨蜜去看電影，珂閨蜜也喜歡貓，而且和老公一起從幾個月養大過一隻小橘貓，十幾年後貓走了，據珂閨蜜說：

「我老公想起貓就掉眼淚，你能想象嗎？一個大男人，貓走了都好幾年了，什麼事情觸動他想起了貓就會哭。」

「你們那麼喜歡貓，沒想過再養一隻嘛？」

「過幾年吧？……可以找一隻長得最像的，性格也不會一樣；即使性格也挑盡量一樣的，可也不是以前的那只，他是獨一無二的，不可能複製出同一隻貓。過幾年，等我安定下來，會養一隻胖胖的橘貓。」

River 即使轉世回來，也未必是以前的模樣以前的性格，我還會認出他嘛？

「有些事情可能是冥冥之中注定的，今年夏天我只是在 Kindle 商店裡隨便搜，看了幾本關於死亡的書，我想這是讓我提前做好心理準備吧？而且，生老病死，總歸是要面對的，River 的十幾年貓生不就是縮短版的人生，我提前經歷一遍老、病、和死亡。」我悠悠地說。

「你可能還沒經歷過親人的去世。我第一次經歷是我奶奶，從去世到處理後事半個多月的時間都是我在操辦的，整個過程中沒有流過一滴淚。等忙完一切，回到家，我兒子說我哭得撕心裂肺，像要死過去。」珂閨蜜是由奶奶一手帶大，直到工作以後才回到父母身邊。

電影快開始了，珂閨蜜說：「這種痛會永遠留在心裡，不會消失。」撇了眼喝著的咖啡，「就像一個咖啡膠囊藏在身體里，不知什麼時間、什麼事情觸發的時候，就會衝出一點，又嘗到那種味道。有時在家裡乾著活兒，腦中還會閃過我家貓的瞬間。」

今天是 River 離開我的第七天，就是所說的頭七；而且今天還是萬聖節，孩子們的節日。我也做好了準備，從網上訂了一束藍色滿天星，在 River 的畫像前佈置好，就等著晚上給他再擺好水和食物就可以靜靜地等待 River 回家了。藍色滿天星的花語是：真心喜歡你。

2012年我失業在家時琢磨著應該給自己培養個愛好，於是就選擇了古琴，在中國樂器里古琴屬於最容易上手的。每周上一次課，剩下的時間自己在家練指法，對於我這個不通音律的人來說，有一定難度，我是根本讀不懂樂譜，老師也不教，我是靠著記指法學了幾只簡單的曲子。剛開始時，表姐還鼓勵我，練了一段時間，表姐居然說「太難聽，別彈了！」好在，River比較捧場，不論我彈得如何，他都坐在或趴在桌子上認真聆聽，儘管不知道他是否真的聽懂，反正是以實際行動支持我。而且，我一開始練琴，他就跳到桌子上聽著，好像很著迷的樣子。在River的無聲鼓勵下我學完了初級和部分中級，最後還是承認自己沒有天分，放棄了。

音樂戲曲類的我是不打算再嘗試了，那就學習寫字畫畫吧！朋友給介紹了一個畫國畫的老師來授課。畫畫是我小時候的愛好，只是家長認為乾畫畫這個職業不容易找到可靠的飯碗，就沒有往那方面培養過。每周要抽出幾個晚上和一天週末完成老師佈置的作業，畫了一段時間，在老師的不斷鼓勵下，還很著迷。River也喜歡我的字畫，我也不知道他是不是真的能看懂，反正我寫好的字或者畫好的畫兒都習慣攤在地上晾著，River都會走過去仔細聞聞、看看，有時甚至會趴在字畫上待會兒，是表示他認可那張嗎？

寫得多了，家裡攢了一堆寫過字兒、畫過畫兒的宣紙，阿姨就拿來包River的臭臭，有時看著帶字兒或帶畫兒的紙包著River的便便，我就感慨一下：這貓也太有文化氣質了！

後來也慢慢涉獵了油畫，就給River畫了幾幅畫像，開始是掛在牆上，River有時跳到沙發背上，抻脖探腦看自己的畫像，不知他是在欣賞自己的容貌還是在欣賞我畫的畫兒。後來我把他的幾幅畫像擺在了地上，靠牆放著，River看著就方便多了，有時看著看著還上小爪子摸一下畫中的自己，他是在回憶自己的青蔥歲月嘛？

我觀察River喜歡一切漂亮美好的東西，我試新衣服，他會圍觀;我試新香水，他跟著使勁抽鼻子；給他換個新墊子套，漂亮的他就會高興地趴上去；我擺瓶花兒，他也聞來聞去、左看右看。所以，給他畫的幾幅畫像都是他和花兒的組合。

他這麼喜歡美好的東西，我就多給他準備些花，一束藍色的滿天星，一束朱紅色的龍舟，希望他回家來看到會喜歡。我把一切都準備好，就出門了，計劃著晚上早點兒收拾好自己、早點兒給River準備好回家吃的飯、早點兒上床睡覺保持安靜，據說這樣靈魂回家時不會對家產生留戀才肯放心去投胎。

頭七靈魂回家的時間是子時，我九點鐘就熄燈睡覺了，希望在夢中和River相會，River回家看到我安好也可以放心地去轉世。睡到半夜我突然驚醒，忘記把給River準備的食物和水擺上了，沒敢開燈，拿起手機看了一眼是11:06，剛到子時，希望不晚。我趕緊摸黑把預備好的食物和水擺在了River的骨灰和畫像前，應該不會耽誤River回家吃飯吧！這次的驚醒是不是River搗的鬼，提醒我這個緊張兮兮的媽忘記給他擺飯了。

隨後的兩個小時里，我躺在床上睡不著了，也不敢動！怕驚擾了River，就那麼躺了兩個小時，終於覺得累了有點兒睡意，可是肚子又餓了，悄悄看一眼手機是12:58，子時已過，River該心滿意足去找生緣投胎去了吧？也不知下一世他會投胎到哪裡？他會投胎成哪個物種？來世他會找到我嗎？

五會太太

越越的父親是浙江人，到了北京工作後思念家鄉，就給女兒起名叫越。越越除了身高其它地方都像江浙人，包括飲食，吃的少而精，喜歡甜而粘的糯米食品像各種有餡的、沒餡的湯圓，還有加了艾草汁兒的青團。也許是為了能更回歸傳統吧？越越找的男朋友都是杭州人，大學時男朋友每次放假回到北京都給她帶許多浙江的特產，艷煞我們這些捨友啊。

大學畢業後，越越追隨男朋友，現在的老公定居在了澳洲。人到中年，生活穩定後，越越又煥發出了南方小女子愛吃善做的特質。一年回京兩次，每次都是各種花樣的吃。去年陪越越去逛街，她要求我陪她去逛新街口的一家舊書店，居然是為了買一些五六十年代的老菜譜。她說：那時候的人傻，讓把菜的做法交出來就一五一十地交代了，不會藏私；而且那時沒有那麼多的添加劑，比較純粹！即使身在澳洲，也經常看到越越自己做臘肉香腸，甚至自制月餅。

一天看到越越的朋友圈：

「不覺已是暮春，忽然想起冰櫃里，婆婆在清明時到山上為我們採的艾青，洗過，燙好，切碎，一包包凍上給我們帶過來。她哪裡知道去年清明她準備的我還沒用完。所有的這些都不過我說過一句正東喜歡青團，她就這樣年年為我們準備。天下父母愛兒女的心都是這樣的吧」

我問：「你們南半球，怎麼判斷啥時是清明吶？」

「青團本是清明時吃的，那時的青嫩，可食。過了清明，青長老了，吃不得了。現在有冷凍，長年有的食。北半球的寒露，應該對南半球的清明。」

越越配的是她家兩只貓咪（一隻叫一休，一隻叫妹妹）的照片，我又問：

「話說你家一休該減肥了」

「人家能上樹爬柵欄，抓大號老鼠，抓鴿子，應該是 fit」

「當媽的都這樣！」我不屑地答道。

「剛剛看過 vet, 稱過。它吃的比妹妹少，可是妹妹就是骨感的很。」

「你的文筆越來越好了！」

「一談到吃，所有神經細胞都活躍。」

「當個稱職的吃貨不容易呀！會嘗、會做、會寫、會說…, 四會太太！」

「我是五會，你忘了我還會胖。」

這幅畫的不是一休，是我家RIVER，還沒有見過一休本尊！好在都是藍貓，一休是英短，RIVER是異短。

下輩子要當寵物貓

傳統節日就是各種吃吃吃，和家人；西方節日是各種啪啪啪，和戀人；對於商家則是各種買買買，和消費者。今天是感恩節，一早收到商家的問候自不必說，意外地收到小Ｖ發來的問候，這丫頭也算有心了，知道不會有人約我，難免寂寞，關心一下。

到了晚上，該是戀人們約會的時間了，小Ｖ還在和我聊天，怎麼不去和男朋友過節？原來又吵架了，安慰一番吧。

小Ｖ說：「既來之則安之吧！我不多想了。」

小Ｖ接著說：「下輩子吧，這輩子沒戲了，下輩子我努力當個男人，找個你這樣的女人。」

心理一陣甜蜜，可是下輩子我也未必還想當女人啊？

「如果有來世，我想當寵物貓，吃飽了，撒撒嬌，美噠噠地過完一生。你來當我的鏟屎官吧！記得把我收拾得漂漂亮亮，別餵得太胖，不要讓我生小貓，會破壞身材。」

「拉鈎鈎！」小Ｖ答道。

成年人的世界，哪個不是一地雞毛？辛辛苦苦、踉踉蹌蹌地走過去了，誰有勇氣再來一遍？人的社會太複雜了，我怕我應付不了；野生的世界會不會太嚴峻？當只寵物貓吧！活在人世里，旁觀他們的各種鬥爭，不論哪方贏或輸都與我無關，只需保持優雅、獨立就可以了。

時妖，時間的妖怪；摸不到，發微光，個性穩重。
不滿發怒時，就讓時間倒帶，重來一遍；於是，周圍的人跟著重過一遍。
這就是我們恍惚間覺得：剛剛的景象好像經歷過吶！

畢業時，我們相約 25 年後回躍進廳跳舞

一月的第一周下了今年的第一場雪，雪後我們幾個同學回學校發放 2019 年的助學金，感覺自己還年輕力壯，看著接受資助的大一學生已經和自己的孩子差不多大了，我們之間已經差了一代人的距離！公衛畢業後，真正從事本職工作的同學不多，沒辦法！公共衛生是需要持續廣泛投入，而且短期看不到顯著成果的事業，政府投入少不受重視；當然，一旦出了問題就是全國性或國際性的災難事件，比如：2003 年的非典，今年的武漢肺炎。發助學金時，疫情還沒有擴散，作為學長也只能鼓勵這些未來的公衛人好好學習，專業前景是光明的，國家早晚會加大公共衛生的投入。

之後在雪後的北醫溜達參觀，保留下來的老建築已經不多，有新蓋的，有拆了重建的。過去的鍋爐房已經不復存在了，現在的宿舍樓里，每一層都有開水設備；我們當初居住的 52 樓宿舍已經拆掉蓋了新的，據說每個宿舍都有衛生間，不用去公共澡堂了；操場還是原來的操場，跑道上鋪了地膠，划出了整齊的幾塊籃球場；過去游泳池的地方剛剛蓋起了新的體育館，再有一個月就可以啓用了，這個厲害了！上上下下 3 層，50 米長的專業泳池，網球館、羽毛球館、乒乓球館、體操館…一應俱全，還都是專業的，看得我們這些沒有留校的同學直流口水，一門心思想著怎麼回學校享受先進設施。

最後，老規矩 - 聚餐去，當然是回躍進廳。當初的躍進廳真的是個一層的大廳，早中晚這裡是餐廳，學校開會這裡是會議報告廳，文藝演出這裡是劇院，關鍵是週末的晚上這裡還是舞廳。90 年代，我們上學時，還時興跳交誼舞，就是那種一男一女當眾抱在一起的三步、四步什麼的。因為北醫的女生比例相對高些（其實也就 1：1 左右），周圍的幾個以男生為主的高校學生都跑到躍進廳來湊熱鬧，常見的是北航、鋼院的男生，也有清華的學生不怕遠跑來的。不知有多少學生在這裡找到了自己的另一半！

現在的躍進廳是在原址上重建的，共三層，分出了學生食堂，教職工食堂，還有帶包間的餐廳等，舞廳、劇院的功能已經不復存在。

二十幾年前畢業的時候，許下過一個願望，我希望：我五十歲的時候還能回躍進廳跳舞，而且是穿著高跟鞋超短裙黑絲襪。那個時候年輕，認為五十歲就是很大的年紀了，應該保守嚴謹；五十歲了還敢穿跟鞋摟著個異性大庭廣眾之下瞎晃悠，是很獨行特立的事兒了。可是，真的到了五十歲才發現，這算個球啊！六七十歲、七八十歲的大爺大媽還在街上跳廣場舞吶！而且，都跳到國外去了！穿著上，也是百無禁忌，只要願意啥都敢穿出來。社會的開放發展已經遠遠超越二十幾年前的料想。

「現在的躍進廳還能跳舞嗎？」

「不能了！」

「那現在的學生在哪兒跳舞？他們現在還跳舞嘛？不論什麼舞。」

「現在的學生不跳舞！可能跳街舞吧？去街上跳好了。」

交誼舞已經過時了！那已經是上個世紀的事兒了。天氣暖和時路過工人體育場還能看到有些很老的老人放著音樂在跳交誼舞，年輕一點兒的都去跳廣場舞了；邁不動步的老頭，拉著比自己年輕不了幾歲的老太太，有時是兩個老太太一起，一臉欣喜地慢慢地跟不上節拍地挪著不大的步子，似乎是回憶著自己的瀟灑的青蔥歲月。

社會的開放發展以超乎想象的速度在飛馳，再過二十幾年，我希望我不是在路邊被更老的老頭拉著手挪著步子的老太太。

「請別阻止我成為我自己。我不願像這個年紀的很多人一樣，年老體衰。請不要又製造一個老氣橫秋、垂垂老矣的人。」　「就讓我自由吧，讓我做我自己！……感受我的能量或者閉嘴。」　出自小野洋子。

為什麼從診所離職？（一）

今天是庚子年正月初六，最後一次和人面對面交談是大年三十兒的晚上，之後就響應政府號召自我隔離了，儘管沒去過武漢，沒和可疑病例接觸過，為了避嫌還是蹲家裡吧。

在家禁閉一周，很多人都會無聊，於我卻還好，因為我已從診所離職一年又半，不過節的日子大部分也都是在家呆著，和外界的溝通也是依靠微信。至於為什麼要離職，原因說起來有些複雜，今兒先揀矯情的說一說。

我們那個診所叫 XX 遺傳病專科診所，是專業針對遺傳病的檢測、診斷和治療康復的診所。其實，如果確診了是遺傳病，也就意味著病人這輩子就交代了，醫生能做的也只是讓患者在有生之年活得更好一些；遺傳病的發病一般是在嬰幼兒時期，醫生的最大作用是幫助家長確定遺傳位點，避免同樣的疾病再出現在同一個家庭（所謂的產前診斷）。

看著家長不論嚴寒酷暑，拖著病歪歪的娃兒定期來診所就診、復診，日復一日地喝著昂貴的特殊配方奶粉和一大堆要服用終生的藥品，就算是個中產家庭，經濟也早晚有拖垮的一天，何況大部分還都是不太富裕的人家。他們最常問的是，得了 XX 病，能治好嗎？什麼時候能治好？事實是，除非能基因編輯，是治不好的！也就是，家長所有花費的時間、精力和金錢，也只是讓患兒少些痛苦，多活些時間；但是，這種投入產出值得嗎？特殊奶粉是終生要吃的，價格是普通奶粉的兩三倍，每周至少一罐，年齡越大吃的越多，試問有幾個家庭能夠一直負擔下去？更不要提日復一日的吃藥、復診和各種康復治療。作為醫護人員，不能實話實說，只能安慰：你孩子的病還是可以控制的，照醫生的醫囑，定期復查，會有改善；也有得這種病的孩子健康長大，甚至上大學的。

這些病人的愈後，最好也就是病情不再發展，智力、行為、語言等的損傷是不可逆的，所以這些孩子一般智力都比正常孩子差些，行為、語言能力都落後一些。

作為家長，傾盡全力輓救孩子的生命本無可厚非，但是，為了這一個孩子，全家從此就要背負沈重的經濟、心理負擔，直到孩子去世，這個過程是幾年，也許是十幾年。這值得嗎？這是個悖論！治，一個家庭從此過上貧窮痛苦的生活；不治，在倫理道德上講不過去。

焦灼！生物進化的過程不就是試錯的過程嗎？今天某個基因來個突變，如果這種突變是合適的，這個個體就存活下來，一代代地把這種突變延續下去。明天另一個基因突變，如果這種突變是不恰當的，這個個體就夭亡了，這個突變就不會延續下去。結果就是適應環境的突變被傳承下去，不適宜的就斷了傳承。自然就是這樣工作的，我們為啥要逆天行事？

糾結！不知道自己是在乾一件順應天時的事，還是在乾一件違背自然規律的事。辭職吧！離開這個環境也許會想清楚。

總覺得好看的孩子少。在遺傳病診所看了兩年遺傳病孩子之後，街上任何一個沒病的孩子，我都認為是天使。

環境決定立場，參照決定高低。

看得多了，有遺傳病的孩子憑外貌也能辨認部分，依照正常的審美，這些孩子一般都不太好看，比如常見的先天愚型，21 三體綜合徵。

理解動物傳承基因的天性，更尊重自然的選擇。

為什麼從診所離職？（二）

第一次真正知道風水是在英國留學期間，因為有朋友是做家裝行業的，就去書店幫他看看有什麼參考資料。有各種風水書籍，客廳的、臥室的、花園的…，沒有買，只是隨便翻看一下，心想：俺們老祖宗發明的風水，還用你外國人給我講？

回國後，正是中國改革開放經濟發展的時期，好像是港台同胞帶動的吧？做生意的人開始講究看風水。我那時服務的是一家英國公司，但是直接管理中國的是香港人，選辦公室、搬家什麼的都是行政人員談判好，背地裡找人看過風水才做的決定。

我是沒有學習研究過風水，僅有的一點常識也是源於道聽途說，咱也不做生意，和咱生活有關的風水也就是買房裝修了。許多年前看中了朝陽門附近的一處房子，就位置而言房價還真是誘人，戶型什麼的也好，但是總覺得哪裡不對。於是，到雍和宮附近的一家看相館去起了一卦，說是「一女嫁二夫」之相，要仔細看看，小心有欺詐。又返回頭去瞭解，才有其他看房人告知，這個房買了沒有產權，忘記是什麼原因了，那時的房地產管理也沒有那麼嚴格。

這好像是我唯一的一次和風水的親密接觸。之後也看過聽過一些介紹風水的文章書籍，也記不住什麼，只記得有人給出一個最簡單的看風水好不好的標準：你覺得舒服！風水不好，肯定是不利於身體、心理健康的，那就會覺得不舒服。

風水是玄學，但不能說它就是偽科學。我記得中學地理課上老師就講解過為什麼老北京講「有錢不住東南房」。北京地處北半球，東南房窗戶門都是朝向西北方向的，冬天太陽照不進南房，房間會冷、潮濕，不利於人體健康，長期曬不到太陽，缺乏維生素D，不利於兒童生長髮育；夏天東房西曬時間長，屋裡會暑熱難擋；冬天北京的風向是西北風，屋裡又會很冷，冬冷夏熱自然不利於身體健康。我小時候還沒有商品房，要想搬個家只能是換房；我記得姥爺在換房時寧可房子小些也一定堅持要換成北房，而且對地理位置也挑剔。

下面說說風水和我從診所離職的關係，沒錯，從診所離職的第二個原因是我覺得診所的風水不好，至少那兒的風水對我來說不好，讓我覺得不舒服。

第一次進入診所的房子是選址的時候，那時整棟樓閒置著，我進去就覺得很冷，這個可以理解，當時正是冬天，沒人用的房子當然冷。第二次去只是匆忙看了一下，就去房主的辦公室談判了，就是看了那一下也覺得心裡怎麼不舒服。之後在診所裝修、註冊時我都沒有怎麼參與，甚至也沒有入股。

在診所成立兩年後，由於原院長辭職，我不得不接手了診所的職務，對於我那是所有疾病的開始。心裡不願意，可又不得不去乾，儘管工作內容不多，但是心裡就是不痛快，接著就是不停地生病。失眠和貧血交替出現，總是治不好一直到離開診所後半年才痊癒。在診所的第一年夏天開始嚴重過敏，胳膊腿兒過敏到腫到穿不進鞋的地步，醫生也說不清楚是日光性皮炎還是神經性皮炎，吃了一堆的中藥、西藥、各種補品，治到入冬才好轉。在診所的第二年，莫名其妙腰疼，被懷疑是樸啉病，去日本排查，確診不是，只是貧血。被迫繼續吃藥，並被要求吃肉，不過藥吃完後還是貧血。在診所的第三年，居然得了蜂窩組織炎，做了個小手術；手術不大，但是很痛，等著傷口愈合又耗費了一個半月。至此，為了我的健康，我從診所辭職了。這個地方總是讓我生病！

離開診所半年後，我的貧血好了。不能就此說診所的風水不好，只是說診所那裡的風水對我來說不合適。

可能不只我一個？趙博士是和我前後腳進入診所的，他在我之後也發生了嚴重的雙手過敏，為此還住過醫院，查過過敏原，也是沒查出個所以然。趙博士是在實驗室工作，作為管理者，他也不是經常做實驗，本來還算看得過去的雙手，經常爛乎乎的，時常塗著白色的藥膏。我辭職後一年，趙博士也離開了診所，不知手過敏好了沒？

趙博士的小舅子拜在一個高人門下學學玄學主攻堪輿術，他曾經來過診所，是辦事，不是專門來看風水。他走後我問趙博士：

「菜弟弟看了診所說什麼沒有？」

「他們不問不會主動說的，他只說了一句：診所要掙錢還得等！」

楊姐在去加拿大前每個月會去診所一趟，我離開診所後，有一次和她通電話，她也說：「我就是覺得一到診所就彆扭，說不出哪兒不舒服！」

這就是風水吧？作為我們普通沒有研究過的人來說，就是「感覺不舒服」！心理不舒服，或者身體不舒服，說不出個子丑寅卯來。但是，風水應該是因人而異的，診所的風水對楊姐、趙博和我這樣的人不合適，但是，還有幾位同事在診所工作的時間比我們都長，目前還在診所工作著，他們都一如既往的健康。

至於，診所的風水適合不適合經營、能不能掙錢，可能也要看誰是經營者？怎麼經營吧。

剛到診所時，還在每周學畫，以下幾幅是老師留的作業：畫一組四幅花卉。因為太可惜那株被砍的紫藤，還特意畫了一幅紫藤留念。

罌粟 - 死亡之戀，只有等大而妖艷的花落了，才能結出有毒的果實

你看著我，我也看著你，
你用這樣的眼光看我，我也同樣的這樣的眼光看著你，
我本無毒，你也不壞，
是你把我製成毒，你也就壞了。

紫玉蘭 - 芳香情思，俊郎儀態

也叫辛夷、木筆，送文人最妥，贊其才華卓著

雛菊 - 暗戀、純潔、天真浪漫，暗戀，初戀

有等待的苦楚，有期待的甜蜜
短暫的心痛，終生的收穫

牡丹 - 富貴，屬火

小學有三年在洛陽，春季路邊都是花；尤其牡丹，不是作為觀賞，而是成畝的花田為了藥材，所以農民並不在乎我們採他的花朵。傍晚，夜色剛剛降臨，齊腰深的花田裡，濃密的葉下，藏著一朵朵艷麗豐腴已開和將開的花朵；那麼大，那麼濃烈，真怕一不留神它會變成那傾城傾國的美人。

為什麼從診所離職？（三）

離職不會是簡單的一個原因，我還是診所的股東，在診所需要時進入，自帶使命感，看著它像孩子一樣活下來長大，就算不是親生的，也不忍輕易丟下不管。

管理診所一年半後，一切似乎平穩了，賬戶上也小有結餘。在解決了診所的生存問題之後，診所最大的股東兼董事長－X老闆開始考慮診所的發展方向；正值網絡經濟瘋狂發展的後期，誰不想趕上？醫療本就是傳統行業，互聯網離我們相對較遠，怎麼辦？X老闆決定雇一名網絡工程師，反正互聯網下來那麼多人，不愁招不到人。

於是，X老闆錄取了一名網絡工程師，大概有40歲吧？孫某某。我之後查過孫某某的簡歷，北京人，一個名不見經傳的桂林某大學電子學本科學歷；從事過一些職業，最長的一份給央企－中信的下屬公司老總當秘書（注意！不是互聯網等相關職業，是文秘！央企的文秘，幹什麼我不知道，但是看領導臉色、揣測領導意圖、拍馬屁總歸比一般人要職業一些！）。這位老總下台後，孫某某一直沒有就業，據說是和朋友一起做紅酒的網絡推廣。孫某某長得高大，微胖，還算周正，信奉基督教，對人客客氣氣，很溫和。在診所這樣一個女性為主的群體中，開始還算不招人討厭。

開始時，孫某某也沒有做什麼，不怎麼說話，據說是X老闆讓他熟悉診所的業務。他不學醫不學藥，瞭解診所的運作，確實需要一段時間。開會時，孫某某也不太說話，問到他時他才說，他喜歡用各種互聯網成功案例佐證。這樣很適合討厭理論學習、思維感性的、做銷售出身的X老闆，講故事比講理論能更快幫助到X老闆。

孫某某進入診所後，X老闆愛上了頭腦風暴，時常通知幾個員工去會議室風暴一把，如果員工忙不開，就是X老闆和孫某某倆人風暴。所以，後來X

老闆做出的很多決定我都是在發生後知道的。

過了倆月，孫某某經常在會議上發言了。X 老闆屬于思維活躍的人，時常會有一堆新奇想法蹦出來，在我們看來有些不著邊際。（敢想敢乾是 X 老闆的特點，也正如此才能夠搞出個遺傳病專科診所，目前國內唯二的！）但是，孫某某每次聽到 X 老闆的 idea 都會搓著他的肉手說：「這是一個上億的好生意！」聽得 X 老闆心花怒放。X 老闆以前是做銷售出身，對於這種直接的、帶銷售額的馬屁很是受用。後來，就不是「上億的好生意」了，是「十幾億的好生意」、「幾十億的大生意」！有時，X 老闆自己聽得也含糊吧？會問：「診所出資，你來做這個生意吧！掙了錢你和診所一邊一半。」這時，孫某某會僵硬地笑一笑，保持沈默！

人都需要贊美，X 老闆是做銷售出身，早年贊美客戶太多了，自己需要更多的贊美補償，也是可以理解的。可惜！診所工作的人包括我在內沒有給予她充分的恰當的心理滿足。贊美，應該是在癢的時候、用恰當的力度、搔在癢處，而且位置越高的人的贊美約有力。但是，診所的人都太年輕，覺得乾好本職工作就好，當眾拍馬屁是不太光彩的事兒，也不是那麼重要的事兒；年紀輕，社會經驗少，也沒有找准老闆的癢處；X 老闆面臨著診所的發展，又想趕上互聯網發展的步伐，自然「掙它幾個億」對她是最好的恭維。診所基本都是年輕女性，一個中年男性，又當過央企老總秘書的人的馬屁，自然比診所的年輕護士的馬屁有分量。

發現問題不對是在幾個月後，我審核出一張支出憑單是 5000 多元的攝影錄像費，診所沒有過攝影、錄像的需求，會計解釋說是 X 老闆批准的，付給孫某某介紹的一家公司。我去質問 X 老闆：「你是拍婚紗照了嗎？花了攝影費 5000 元！」（這話有點兒不客氣！當時，X 老闆正和孫某某頭腦風暴著。）X 老闆解釋，是 20 分鐘的會議錄像，已經做了錄像了，必須付費給攝像的人。之後，我做過調查，這個費用遠遠高於市場價，攝像公司是孫某某找的，我還撞見過孫某某和負責攝像的人在公司附近吃飯，據說是他的擔挑兒，就是他倆的媳婦是姐妹。

從此，診所的辦公支出日益膨大，買了幾台存儲器，搞得機房裡太熱，只能拆牆、裝空調，解決空氣流通，孫某某的解釋是為了安全不能用雲存儲，要用自己的存儲器。除了所有會議要錄像，還在診所搞了幾次錄像活動，多角度、化妝，錄下 X 老闆講課的視頻，據說要放到荔枝微課上賣，後來怎樣就不知道了。再就是，做了幾個軟件和客服系統，X 老闆準備靠著這幾個系統和軟件讓診所一步進入互聯網時代。據說，客服系統直到孫某某離開都沒好用過，不停地有 BUG 要解決，最後負責用客服系統的護士說：「除了 BUG，那個系統也沒什麼了呀！」據說，設計軟件和客服系統的人（注意不是公司！）也是孫某某找來的，什麼關係就不清楚了。

作為診所當時的管理者之一，我氣憤孫某某的利用老闆求發展的心理讓診所不停投資買這買那，也看不慣他搓著肉手不停拍 X 老闆馬屁的嘴臉，要求 X 老闆辭退孫某某，遭到拒絕後就憤然離職了，我不能眼睜睜地看著孫某某幫著 X 老闆把診所的積蓄造完。孫某某是 X 老闆親自選定的人，全診所都看到 X 老闆對孫某某的倚重，如果在當時就辭退孫某某，無疑是 X 老闆自己搧了自己嘴巴，我要求 X 老闆立即辭退孫某某並追究他的責任是不可能的，總不能讓老闆下不來台吧？這個台階我沒給老闆搬，X 老闆得自己找。

在我離職後兩三個月，X 老闆讓孫某某離開診所回家辦公了，理由是孫某某在診所宣揚宗教；半年後孫某某正式離開了診所。

人生而不同，有的人就是想法多，想了就敢乾，不墨守成規，能在別人都認為不可能的情況下做成功，創造出奇跡，這些人是創業者！比如：X 老闆，在別人都認為私人西醫診所成立不了的情況下，建立了診所；在別人都認為遺傳病市場太小沒有治療前途的現實面前，成立了遺傳病專科診所；在別人認為遺傳病基本無藥可救，不能靠藥物掙錢的事實面前，X 老闆找出了診所靠診斷掙錢的的出路。這些創業者，也不是一些安分守舊的人，當企業穩定後，他們就會想再謀發展方向，重復同樣的工作對他們來說無異於自殺。所以，X 老闆每次在公司穩定後，都會自己鬧出事兒來。創業者就是創業者，企業穩定後，應該換管理者來經營！這是教訓一，及時調整。

人人都喜歡被贊美需要心理的滿足，尤其是一個每天承受巨大壓力的創業者，如果那時我更成熟，也許會關注 X 老闆的心理，而不是只看到 X 老闆就是喜歡拍馬屁、喜歡聽到認同。這是教訓二，要關心主要生產力的心理健康。

我更適合當個管理者，有個目標找准道兒一直不懈地努力下去，懼怕改變，不能理解 X 老闆在診所走上正途時為啥要花錢搞各種改變，狹隘地理解成：X 老闆好大喜功、不安分。這是教訓三，不同的人乾不同的事。

孫某某是個打工者，多年在央企老總手下的經驗練就了他快速找到老闆的癢處、投其所好的本領，他利用 X 老闆的弱點肥了自己的腰包，那是人家的本事。

每個人都有自己的特點，用足自己的特點成就自己，用好別人的特點成就企業。

無論你遇見誰，他都是對的人；

無論發生什麼事，那都是唯一會發生的事；

不管事情開始於哪個時刻，都是對的時刻；

已經結束的，就已經結束了。

專家 專家

昨天報道離我家步行706米的小區確診一例新冠肺炎，緊張了一下，因為儘管我沒有去過那個小區，但是同屬一個街道，會去同一個超市（這個是最大風險，快遞不給力，最近都得自己去超市採購）；也許都懶偶爾去過同一家快餐店；街道在挨門挨戶排查，會不會查過那個小區的人沒消毒又查了我們小區？如果傳染了也就傳染了，趕快通知了幾個微信群，提醒大家：肺炎離我們不遠，注意防護！

早晨在股東群里看到黃大大留言：

「做好個人防護，不要那麼緊張。17年前SARS期間，我們一直上班，期間有學生隔離（不是確診），還是安全度過了。706米，一里地呢，病人住院了，樓封了。」

黃大大退休前是協和醫院的遺傳學專家，有自己的實驗室，應該是國內數一數二的遺傳學領軍人物，但他不是臨床醫生。黃大大這麼說我想也是為了安慰我不要緊張。但是，病例確診之前就有傳染性，隔離之前誰知道病例有沒有和我同時去過同一家超市？接觸過病例的快遞小哥有沒有接觸過我？要傳染也已經傳染上了，注意保護好家人和身邊人，離大家遠點兒，萬一不幸中招，不能再傳染給更多的人。

不能苛責一個遺傳學專家，就肺炎這件事兒還是應該聽傳染病專家、公衛專家、或者呼吸病專家等的建議。幸虧這回我清醒，沒有唯專家的話是從，類似的錯誤我犯了不只一回。

之前工作的診所是遺傳病專科診所，正經的高科技企業，個個都是行業內的頂尖專家，自帶光環那種！我剛到診所工作時對每個專家都心存敬畏，言聽計從。黃大大也是診所的專家之一，他負責遺傳數據的解析和遺傳咨詢。

剛到診所工作時，我還在貧血，經常是吃了鐵劑就好，不吃就壞，到診所工作後體重一直在降。黄大大問了我的病情，然後說：「不要減肥節食，體重長4公斤就好了！」我認為是專家說的都對，不管是不是血液或者內科專家，就一心一意地照辦了，每頓飯吃飽了再吃兩口，盡量挑油大的吃，下午還來個甜品什麼的。兩三個月下來，果然體重止跌回彈了！但是，貧血還是沒有治好。聽一個遺傳學專家的話治內科病，我這是不走腦子！

另外一次是，我胸前有個感染，應該去看外科，抗感染治療。花姐嫌去醫院麻煩，就請了個中醫內科專家給我遠程治療。拍照片、描述病情，交流之後，中醫專家給了兩個偏方:1)新鮮蒲公英搗汁塗;2)仙人掌搗爛塗。正值春天，草剛開始發芽，哪兒去找新鮮蒲公英？辦公室倒是有仙人掌，那麼多刺沒法用，挨個超市去找食用仙人掌，沒找到；後來從網上買來已經是一周後了。最後是感染控制不了，到朝陽醫院外科開了一刀。哎！我也是，明明是個外科問題，大老遠的找個中醫內科專家遠程治療，捨近求遠不說，還弄錯了科室。

類似的事兒還有幾起，都發生在診所期間。一則診所里都是某領域的大專家，我是想都不想地全面接受各位專家的指點；二則，從來沒有考慮過我是哪方面問題應該找哪方面專家，專家都是好專家，我只是找錯了專家。我的例子比較極端，現實中找錯方向、問錯人的事兒其實比比皆是。平時，人們聽說我是學醫的，什麼病都會問我怎麼治，焦阿姨的牙壞了，逼著我告訴她拔了好不好？拔完是鑲一顆還是種一顆？拜託，我又不是牙醫，我哪裡懂。

一般人可能分不清科室專業，除了看病，其它事情也經常有問錯對象的事兒。姑娘和老公打架，首先咨詢的往往是家人閨蜜的意見。家人閨蜜又不是婚姻、心理問題專家，他們也就是扮演聽眾的角色，而且因為是家人，經常擺出自家人受委屈不行的架勢。這種情況找婚姻問題專家會比找家人更合適；離婚的話，找律師比找閨蜜更管用。

專業的事兒找那個專業的人來解決！

在北歐，彼時已經離開診所，病也好了！

曾經參加一個為期一個月的冥想課程，要求每天入睡前和早晨起床都要先冥想，入睡前的冥想要求坐著完成，完成之後就可以踏踏實實睡了；起床前的冥想要求躺著做，做完之後就可以精神抖擻地起床工作了。我的問題是，晚上的冥想做著做著就清醒了，毫無睡意；早晨的冥想做完就困了又睡了過去。咨詢授課老師為啥我是擰巴的吶？老師問我：「你要檢討一下自己，為什麼活得這麼擰巴？」

為啥要健身鍛鍊？

已經閉關超過三周了，終於忍不住，從本週二開始每天傍晚和閨蜜去日壇公園散步。全民都在為了悶死病毒盡量在家宅著，公園裡人少了很多，尤其是晚上，不用擔心，我應該是安全的。我是因為三周不運動，體能退步太多，標準俯臥撐已經一個都做不起來了，上趟超市買菜都覺得喘不過來氣，必需得增加一些運動。閨蜜的老公兒子都在家辦公，她每天做兩頓飯，會炒的菜都炒過兩遍了，剩下的就會吵架了，保衛婚姻、保衛家庭，也要每天出來透透氣。所以，這個時候鍛鍊對於我來說更多是為了身體健康，對於閨蜜來說更多是為了心理和家庭關係的健康。

我認真系統健身鍛鍊是一年多前開始的，以前也去健身房，但基本沒有明確的目的和規劃，經常被閨蜜們嘲笑為「二師兄」！來健身房是迫不得已、沒地兒可去；練了四年瑜伽，一字馬還是下不去；有點事兒都可以當個藉口說溜就溜。確實感覺到自己體質差，動不動就生病，乾啥都沒勁兒，而且血糖有升高趨勢時，才開始認真系統鍛鍊起來。

蟈蟈是我的大學同學，他畢業後在體委工作，先是管理運動員的營養和健康，現在做普通人群的運動醫學管理。他談到鍛鍊的目的有三種：1. 為了健康；2. 為了美；3. 為了獲得運動技能。普通人群一般是為了健康和美，職業運動員更多是為了發展運動技能。

我開始嚴肅規律健身是為了健康，當體質、血糖恢復到正常範圍後，在教練和周圍同伴的影響下，對於體形的追求越來越多，想要更大更翹的臀，想要更細更緊致的腰，想要更挺拔的身姿，想要穿什麼衣服都好看，想要穿不穿衣服都好看。努力之後，體形會比之前好，健康狀態也比以前好很多；同時，心情也發生了變化，更開朗了，遇到事兒能更快地想明白，或者想辦法解決，解決不了也能比較快的接受現實。再大的事兒，能擼鐵、跑步，出一身大汗，能累得瞬間秒睡，什麼都能過去。運動員通常會比較開朗樂觀，抗壓能力比普通人強。

在以往的工作中，我會喜歡雇傭當過兵或搞過體育運動的員工，覺得他們更有韌性、思想相對單純，交代的任務不論怎麼難、時間怎麼緊都會毫無怨言地完成。自己健身之後發現，每次鍛鍊的目標是很簡單、明確的，比如：跑

40 分鐘，深蹲 15 次 *4 組，只有達成和達不成，咬緊牙努力一把，就能戰勝自己達成目標，同時獲得成就感。而且，完成每次鍛鍊的小目標，堅持下去，就會肉眼可見鍛鍊的成果。所以，健身鍛鍊這件事也培養了我自己做事堅持不懈的韌性。

擼鐵，力量訓練的時候，通常在計數，不會想什麼，這是一個放空的過程。有氧運動往往是單調、重復的，不需要太多精力關注身體，這是我頭腦活動的時段；血液流動加速，血氧濃度增加，大腦更活躍。有些壞主意都是跑步時想出來的。我也試過一邊跑步一邊背單詞，比坐著不動背更高效。記得看到過文獻說，有氧運動可以延緩早老性痴呆。

我自己的經驗，鍛鍊除了可以促進身體健康、變得更美，還可以改善心理狀態、發展智力、培養堅韌不拔的做事風格。

每個人的鍛鍊目的不同，鍛鍊的風格也有差異。

葛姐的公司是為部隊機關服務的，她會受到軍隊做事風格的影響；葛姐讀書時還是學校的乒乓球運動員，我見識過葛姐的健身的過程。為了減掉春節應酬期間長的 6 斤體重，她能堅持幾個月只吃醬驢肉和水煮菜，每天在健身房鍛鍊。有一段時間我見她自己拉著一車球去網球場練習發球，又過了一段時間見她天天出現在游泳池跟著教練練划水。問起來才知道，為了練好網球，她先是在健身房練力量和體能，之後在游泳池練習上肢的發力。作為一個運動員出身、受軍隊作風影響的人，她做事比一般人認真、投入，為了打好網球，僅僅是作為業餘愛好，她要去擼鐵，增加力量；去學游泳，練習發力。葛姐在培養業餘愛好這事兒上是把自己當職業運動員要求的。

和我溜公園的閨蜜，熱愛打球，傷到了膝蓋；為了幫助膝蓋的恢復，她走上了力量訓練的道路，一髮不可收拾！所以，她現在不但要打球，還要訓練。她經常抱怨的是，每周打兩次球，做三、四次力量訓練，基本沒有業餘時間了。閉關這麼久，不能打球，不能去健身房，只能在家做飯，心理煩悶是自然的。鍛鍊這件事，目前對於她來講是為了心理健康，保證家庭和睦。

再見到蟈蟈，我要告訴他健身鍛鍊除了他說的那些目的，對於大眾來講還有心理、社會和智力發展的功效。

盼著健身房快點兒恢復營業！春天練起來，夏天才能美美地過。

健身房停電，閉店兩天

教練問：不鍛鍊難受不？

我：舒坦的緊！

教練：……^_^

我：要是不用鍛鍊，隨便吃喝，還能健康美麗，生活該有多如意！多美好

教練：醒醒吧！… 電力修好了，把昨天的自主補上

做夢

《莊子》聽多了，開始愛做夢，昨天畫了一幅「蝶戀花」；晚上和馮閨蜜散步時看著北京少見的星空，又談起了彼此做過的夢。

我們都做過考試的夢，一個學期不知怎麼就過去了，該考試了還一頁書沒讀過，嚇醒了之後想想，哦！我已經退休了，不需要考試了。這時，考試是生活工作壓力的反應，我們達成共識。小時候常做的是找廁所的夢，不停地找廁所，找到了還要找，這是膀胱壓力的反應。

馮閨蜜小時做過一個夢是跟某人吵架，最後給某人有力的一個嘴巴，那叫一個解氣！醒後，姥姥問她，你夢里乾嘛吶？給我後背這一大巴掌。再長大了，醒後很少能記得夢見了什麼。

我上學時，可能科幻看多了，夢見和幾個不知是外星人還是地球人的站在地球上，研究怎麼能跑得足夠快，好脫離地心引力。夢中能清楚地看到地平線和漫天星斗。

留學是大約 20 年前，夢到坐飛機，通過舷窗看到天上有白色的雲，一會兒這些雲排列出了龍的形狀，過後又排列出一個繁體的鳳凰的「鳳」字。醒後覺得很神奇，有圖有字的一個「龍鳳呈祥」啊！跟一個有點兒神叨的同學聊起來，據說他會解夢，不過也沒說出什麼，只說應該是個很吉祥的夢。這夢很有意思，至今一直記著。那一學期，學的很辛苦，但是順利畢業了，也順利地找到了工作，還遇到了自己以為的真命天子，不過好事沒成。

據說夢見小孩是有小人出現的徵兆，但是僅限男孩，夢見女孩兒是吉利的。我有次真的夢見自己懷孕啦，肚子好像還有異樣的感覺，等過了幾個月，也沒怎麼費勁兒就生下一個女孩兒，然後，夢就結束了。後來，也記不清有什麼好事或者出現了小人。

做過的最恐怖的一個夢是，姥爺病危，我們在家裡對他實施心外復蘇，一個人只有力氣按壓幾分鐘，輪到我時，我看到按壓的不是胸部而是背部，趕快叫人幫忙把人翻過身來，發現姥爺早已經過去多時了。驚醒，嚇出一身冷汗！頭一次夢見死人，沒敢跟任何人說。一個星期後，姥爺還活得好好的，爺爺在家裡看電視時猝死了，送去醫院搶救了不到10分鐘，醫生就宣佈死亡了。這也正應了我在夢中對姥爺實施心外復蘇的夢。之後，我把我的夢告訴了姐姐，她說我應該把夢說出來，也許就破了。

人越大好像夢越少，能記住的夢也不多，往往是醒來後一會兒就忘了。有些夢是我們生活的反應，所謂日有所思夜有所夢；有些夢也許就是生活給我們的提示，或者托夢。

我姐每年清明、忌日和臘月二十三去給奶奶掃墓，清明和忌日都好理解，為啥臘月二十三去吶？姐姐說有一年她夢見奶奶跟她說要吃饅頭，而且是那種上面蓋了一個紅點兒的饅頭，她第二天馬上去買了饅頭供到墓前，那天正是臘月二十三，灶王爺升天的日子。自此以後，姐姐每年臘月二十三都去奶奶的墓地送饅頭。奶奶是家庭婦女，一輩子都在為一家人的一日三餐操勞，也許她就是灶王奶奶吶？也未可知。

如果如莊子所說，我們生活的時空不只三維、四維，而有五維、六維…，那麼夢不過是另一個時空在這個時空的投影，我們認為的現實生活也會投影到另一個時空，成為那個時空的夢。那麼這場疫情不過就是一個夢，我們體驗一下大疫下的生活，等夢醒了，一切又都恢復如常；或者，翻個身，開始另一個時空的另一段夢。

睡個好覺，做個好夢！

蜜誤晚園遛，擁書困味長
早眠悠悠日，晚起日三竿
蝶入三更枕，桃花飄滿床
昏昏君莫笑，日日夢為鄉

被學醫耽誤的。。。

開始畫畫時喜歡在微信朋友圈裡面顯擺，作為業餘愛好，中年開始起步的初學者，無論畫成啥驢樣兒都會贏得一串的「贊」，甚至有同學說我是「被學醫耽誤的畫家」。畫家不敢當，但學醫確實不是我所願意的。

高考報志願時是上世紀 80 年代，我想學北大心理系，但是，俺娘認為中國的發展水平還沒有到關注心理的地步，還是要先解決身體問題。我又不能接受在醫院裡工作每天面對愁眉苦臉的病人，於是就給我報了一些醫學院裡的非臨床專業：北醫的公共衛生、上醫的法醫、華西的口腔，我都不知道公共衛生是學啥的，以為畢業以後去街上打掃衛生，工作出色就管理那些掃大街的人。彼時，存在嚴重的看病難，父母也許是出於自私的考慮吧？覺得家裡有個學醫的人，至少看病住院會容易一些，甚至有個小病，自家閨女給拿點兒藥就解決了。那時考醫學院的分數比較高，家族里我的成績最好，最有可能考上醫學院。於是，我就成為了家族的奉獻者，進入了北醫（現在的北京大學醫學部）的公共衛生專業。

學醫是辛苦的！別人 4 年大學畢業，學醫的 6 年畢業，一樣的本科學歷，在體制年代，待遇也是一樣的。文科生，讀本小說、看個電影寫篇文章就算完成作業了；醫學生每學期至少 3 本 1 寸多厚的 16 開教科書要背，每晚教室、圖書館都座位緊張，不苦讀到夜裡 10 點考試甭想過關；更甭提每周還有幾個有損身體健康的實驗要做。記得臨床內科學最後一課時老師問：「你們認為內科醫生能治好什麼病？」聽得學生們啞口無言，老師的回答是：

「內科醫生治不好什麼病，除了大葉性肺炎，甚至有時治不好也能出現併發症。」

這句話印象深刻，某外國名醫也說過類似的話「有時治癒，常常幫助，總是安慰」。其實臨床醫生能幹的事兒不多，也就是幫助病人明白自己的身體怎麼了，輔助一些治療手段，能治癒的基本也是本身就可以自愈的疾病。

學完基礎醫學和臨床醫學課程，才正式開始進入公共衛生的專業學習。其中最有用的是統計學，我記得大學 6 年中學了：數理統計、醫學統計和流行病學，是統計學在不同專業的應用，後來讀 MBA 又用英文把統計學了一遍。畢業後我的大部分職業生涯是市場調查，統計學是主要的研究手段。而且，在數字化的今天，統計學的概念對於生活工作中，洞察事物的真相，理解事物的本質，做出客觀判斷有不小的幫助。比如，這次肺炎疫情中，我們班就有同學每天收集政府公佈的數據，分析隔離是否需要繼續、病毒傳染性是否在衰減、數據是否可靠。扯遠了！在大數據時代，統計是有用且有趣的知識。

除了統計學，公共衛生研究的是所有不在醫院的人群（是人群！不是單個的人），如何保障他們的健康，減少去醫院看醫生的概率；如：研究婦女兒童健康問題的婦幼保健和兒少學，研究職業風險的環境衛生學和職業病，研究大眾飲食安全的營養與食品衛生學等。所以，臨床醫生針對的是單個的進入醫院的病人，公共衛生面對的是大多數的沒有進入醫院的人群，提高這些人的健康水平，減少去醫院看醫生的幾率。這樣看來，公共衛生更像中醫「治未病」的觀念，所以，我畢業時，公共衛生學院就改叫預防醫學院了，這樣叫似乎更容易被大眾理解我們這個專業到底是幹什麼的。不過個人覺得叫公共健康更符合英文本來的含義（public health）。

畢業之後，臨床醫學的畢業生去往各個醫院，公共衛生的畢業生最合適的位置是疾病控制中心（CDC，centers of diseases control），我沒有去，我的同學中也少有人去，原因不言自明。一個沒有畢業生願意去的職業，能有多大發展前途？醫院的成果立竿見影，病人來了，確診、治好，病人就出院了，病人高興、家屬高興、醫生也高興。疾病控制中心的成效可沒有那麼快，需要政府的長期投入，工作做得越好，人民越健康，「沒事兒」就顯不出成效；一段時間不做，短期也看不出啥差別；但是長期肯定會出事兒，而且是大事兒 - 重大公共衛生事件。疫情發生武漢封城時，一個醫院工作的朋友問我：「你們公共衛生是怎麼工作的？怎麼鬧出了這麼大的事兒？」

「政府不重視，三級防疫體系名存實亡，哪兒能不出事兒？」我懟回去。

在診所工作過幾年，自己和家人也生過病，對於疾病有了更多的認識「所有身體的問題是心理問題的反應，治癒身體問題最終要靠解決心理問題」（王爾德的名言，記不清原話了）。誰能想到，剛剛 20 年，社會已經發展到需要心理學來解決身體問題的時候，那麼多的瑜伽冥想、閉關禪修，不都是在通過改善心理狀態提高人體健康。我那短視的媽呀！

我依然後悔當初沒有堅決地去學心理學，但是不後悔學習了醫學和公共衛生知識，醫學使我瞭解身體是怎樣工作的，醫生能幹什麼，什麼情況下應該去找醫生；公共衛生使我學到如何健康的知識，1）保持良好心理狀態；2）健康的生活方式；3）好好吃飯，合理營養。

氣韻生動

好像從小就喜歡畫畫，愛小保姆繡在枕頭、鞋墊上的經典圖案；姥姥家牆上掛著的 4 幅國畫，好像是春夏秋冬吧；父母養我時，拒絕去幼兒園只能在家裡鎖著，那時沒電視，收音機里都是重復的新聞和樣板戲，最大的樂趣是母親把小動物的圖案畫好，我拿著蠟筆塗上各種顏色。開始還規規矩矩，考慮一下小烏龜是什麼顏色的；後來就發揮了，堅持把烏龜塗成粉色，美其名曰我希望看到一隻粉色的烏龜，也許世上真有粉色的烏龜，只是我還沒有看到。後來，母親就不再給畫圖案了，我自己畫的圖案又經常「不像」，遭到父母嘲笑，也就不再畫了（後來上了大學才知道，對於幼兒園的孩子來說還沒有形成透視、水平線的觀念）。

小學中學都有美術課，我也沒有什麼特別的，那時也不流行課外輔導班，沒有受到過特別的訓練。大學時有細胞、組胚課，一邊看著顯微鏡，一邊需要把看到的東西畫下來，那時產生了學素描的想法，可是我讀的是醫科大學，沒有那麼多的非醫學相關課程可以選擇，此事也就作罷了！其實，內心裡一直對素描挺抵觸的，一是覺得素描很枯燥，對著個石膏畫幾個小時；二是被嘲笑過畫的不好，總是畫的「不像」。

真正認真開始學畫是六、七年前，在美術館看到齊白石的一副小畫兒，畫的是一隻蟋蟀，寥寥數筆，沒有著色，甚至都沒有點綴一片草葉，一隻小蟲卻隨時能一躍而走，消失在牆壁中。這就是我想學的！ 我要學國畫！寫意對於我來說可能有一定難度，那就從簡單一些的工筆花鳥和書法開始學起。四處尋找、多方打聽終於找到一個專門教兒童書法和國畫的老師 – 梅老師肯接收我。第一堂課，我就明確提出要求：不學素描！

梅老師居然答應了我的要求，儘管經常性的形不准，她都耐心幫我修改了，而且花鳥之類的形狀差一點兒問題也不大，也不至於丟人現眼。由於沒有教科書，我倆經常是想到什麼畫什麼，碰到什麼問題就給我講點什麼理論。我接觸到的第一個理論就是「氣韻生動」，也是我至今還記得的為數不多的一點兒理論里最重要的，而且給自己「形不准」一個良好的藉口。看著不像？那有什麼要緊，想像，看照片啊？能有自己的格調才是最重要的。畢加索，20 歲前就能畫的像大師了，人家用了大部分人生在研究怎麼像孩子一樣畫畫，怎麼把形畫得不准。

梅老師沒有怎麼教我理論，但是她教會了我去觀察。春天的桃花、牡丹，夏日的荷花，秋天的菊花，冬日里的臘梅，她都會給我畫一畫這些花的特點，然後告訴我哪個公園、什麼時候花兒在開。以前，也喜歡賞花，但是沒有那麼仔細地觀察過，看看花蕾是怎麼長在枝上，花兒的開放是在葉兒之前還是同時，幾片花瓣，顏色是怎樣的。每畫一種東西時，我倆還會分享與此有關的個人經歷。畫石榴時我會想到爺爺家露台上的石榴樹，種在花盆里的，好看，但是不是給吃的，秋天累累果實，是多子多福的象徵。梅老師家有石榴樹，結的大石榴是可以吃的，但是吃石榴很麻煩！她最喜歡的是把石榴籽剝在盤子里，用勺子挖著吃。據說石榴也很容易繁殖，梅老師的爸爸就用石榴籽種出好幾顆石榴樹苗。我喜歡石榴是因為它的籽兒，晶瑩、半透明，每一粒都見稜見角，一半透明一半粉紅，更像一顆寶石。希臘神話中，豐產女神因為沒有忍受住石榴籽的美麗誘惑，吃了 4 粒石榴籽；於是，豐產女神只能每年有 4 個月要去地下當冥王的冥後，大地就失去了生機，陷入萬物凋零的秋冬。懷著這樣複雜的心情，我們畫各種豐裕又帶點兒憂桑的石榴。這就是所謂「氣韻生動」的由來吧！

畫了一段時間，梅老師也會鼓勵我接觸一些別畫種的，比如彩鉛、丙烯畫、油畫、水彩等，這些上手更快，作為枯燥寫字畫工筆的調劑。因為喜歡「霍比特人」電影里的那種簡單的人物肖像，就開始自己摸索著畫，但是總畫的不像，梅老師說：「畫這個得學素描？」「那就學唄！」所以，也花了一段時間練習過素描，但終歸畫的不好。

從梅老師那裡學到的另外一件事就是「沒有什麼不可以」。我可以想畫什麼就畫什麼，想怎麼搞就怎麼搞，在鏡面紙上畫過速寫，把鈦白用在國畫上，紫色的街道，沒有五官的自以為是的人像。。。她只說過這裡可以這樣改改，這邊的眼睛可以再高一些；但是，她從來沒有說過那張畫的「不像」，這個地方畫的不好、不可以這樣畫。

練了三年書法後，終於有勇氣嘗試小寫意了，把齊白石的各種蟲兒翻出來臨摹個夠！

很慶幸！我請的第一位也是唯一一位繪畫老師是梅老師，她教會了我觀察、教會了放縱自我不樹藩籬，更重要的是要有自己的格調、韻味，「像與不像」、「好與不好」關別人P事。

關於玩兒（一）

閉關在家久了會煩，即使給自己找了很多事兒做，畢竟人是社會性動物，需要與人互動，光靠微信、語音好像不夠。我是不是老了？街上基本看不到孩子，他們不都悶在家裡，網上上課，線上互動，也沒聽說誰家的孩子在家憋不住了啊？珂兒也說，她家的娃兒在家呆著，看手機看 PAD，覺得挺巴適。以前線上遊戲玩兒多了被診斷為網癮，嚴重的還需要去治療，現在合法化了。說到玩兒，沒有電子產品的小時候好像有很多可玩兒的，除了上課和回家吃飯睡覺做作業，都在外面玩兒。跳皮筋、跳繩、踢包兒、踢毽子、砍包兒、跳房子。。。，女孩兒玩兒的多；男孩兒在玩兒騎馬打仗、彈球兒、搧三角兒。皮筋兒跳熟練了，還會自己編一些新跳法，換著花樣玩兒。幾年前還真難得地看到幾個小學生在跳皮筋，看了一會兒，跟我們小時候的跳法一樣，幾十年了怎麼一點兒變化都沒有？現在的小孩兒除了比我們多了線上遊戲，是不是越來越不會玩兒了？同樣，我們的上一輩，是不是也覺得我們越來越不會玩兒了？

我在玩寫字畫畫，我媽在玩唱戲、做貿易（不為掙錢，只是為了能與人接觸，算算賬，防止老年痴呆），我姥爺生前玩兒的可就複雜了，平時的下棋、聽戲、看武俠小說也就算了，姥爺最大的破費是玩鳥兒。

春末的節，差不多再過一兩個月吧，就該去摸百靈（鳥）了。那時節，小百靈剛出生，花 30 元可以摸一次，是從一堆小百靈里選出一隻拿走，為啥叫「摸」不叫「選」叫「挑」？老北京的叫法？可能實在也不好選，小鳥個頭幾乎沒有差異，毛還沒長全看不出美醜，除了張著嘴吱吱吱地要吃的也不會叫。養百靈是為了聽叫聲，只有公鳥才能叫，母鳥是不會叫的，公鳥叫得好聽不好聽就看天分了。所以，挑小百靈是個運氣活兒，所以叫「摸百靈」吧？那時候，一般工人的工資是 30 多元一個月，知識分子才 50 多元，一個月的工資只夠摸一次的。姥爺的眼力好，倒是從來沒有摸到過母百靈，有些老頭兒還請姥爺幫忙去摸吶。姥爺一般每年摸三隻回來，然後就是像養新生兒一樣的一個月。拌好半流質的食物，每隔幾小時餵一遍；小鳥不知飽餓，要人為控制好食量，餵多了會撐死。差不多一個月後，就能分出公母了，公鳥留下，慢慢培養。百靈善於模仿，要讓它聽各種鳥和獸的叫聲；姥爺熟知北京什麼地方有什麼鳥，到時間就帶著心愛的百靈去野外或者公園聽鳥叫了。我只跟著去過景山的後山，傍晚的時候有種鳥（記不清是什麼鳥了）會回到那裡嘰嘰喳喳。姥爺最成功的一隻百靈能叫個十來分鐘的一套，聲音乾淨好聽，我只記得將近尾聲時有三聲貓叫作為壓軸。許多人羨慕姥爺的這只百靈，出高價都不割愛，也有一些養鳥的老頭把自己的百靈送到姥爺家養著，希望能受受熏陶，學個一知半解。

夏秋之際是捕鳥的季節，姥爺帶上乾糧和酒一早就出發了。捕鳥是用網的，只為能捕到漂亮的鳥，品種不好的、不好看的當場就放了。所以，姥爺空手而歸是常有的事兒。北京郊外經常能捕到的是藍靛殼兒和紅電殼兒，略微纖細的身材（跟百靈比），頭頂有一抹藍或紅。姥爺有次幸運地捕到一隻藍靛殼兒，毛色油亮，那抹藍很鮮艷，叫的也還好聽，養了好幾年。為了要保持毛色好看身體健康，姥爺要經常在屋檐下找尋蜘蛛，據說這蟲子對鳥類的病有特效。家裡長年用大木盆養著麵包蟲，這個是鳥兒們打牙祭增加營養的食品。鳥食姥爺都是自己做，通常是小米裹上蛋黃曬乾作為主糧，也會買一些稗子換換口味。 對於自己養的鳥兒，姥爺是絕不吝嗇的。剛有日本進口的那種像磚頭的錄音機時，姥爺就迫不及待地買了一個，不為聽戲、不為聽歌，把最成功的那只百靈的叫聲錄下來，放給其它的鳥聽，從此就不用帶著鳥東奔西跑了。半年後，才又買了一個錄音機給我學英語用。

入了冬，就該準備玩兒鷹了。12 月初，姥爺會去趟張家口，買一隻鷹，通常是未成年的雛鷹，比較好馴養。然後，差不多就到了下雪的季節，姥爺就帶著鷹去河北老家打兔子玩兒去了。據說，鷹買回來要先熬鷹，讓鷹聽話，這活兒一般姥爺都是在老家完成的。那時候北京城裡不讓養狗，姥爺在老家寄養了兩只狗，配合鷹一起去打兔子，鷹負責定位、啄瞎兔子的眼睛，狗負責撲上去捉住獵物。春節前，姥爺就玩兒夠回來了，不過每次也沒有帶兔子肉回來，據說野地裡也沒有多少野兔子了，每天也打不到什麼獵物。姥爺每天一早出門，中午返回時直接去市場給鷹買肉吃。對於姥爺來說，馴鷹打兔子只是為了打獵玩兒，不為了有收穫。據說架鷹打獵很累的，要一直舉著胳膊，讓鷹站在小臂上；姥爺說開始幾天，到了晚上累得胳膊都抬不起來了。

跟姥爺玩兒的東西比起來，我玩兒的投入要少得多，也不是怎麼太費體力和精力的東西。但是，就是因為費力少了，花心思少了，我怎麼覺得我玩兒的沒有那麼高級了吶？

喜鵲聲唶唶，俗雲報喜鳴

一雙電眼識敵清，耿耿忠心夜更勤

含情慾說宮中事，鸚鵡前頭不敢言

畫中留得清虛質，人世難逢白鶴身

圓實驪珠滑，甘香冰玉寒

關於玩兒（二）

說到玩兒，我小時候還有少年宮可以去，現在的少年宮還有幾個，但是好像都是在上課外輔導班，那時的少年宮每周會有一個下午安排一些遊藝活動讓附近的小學生們來玩兒。可不是隨便哪個學生都能進去玩兒的，要由老師安排。玩兒的內容就是一般的娛樂項目，帶著面具給人像貼鼻子，蒙著眼睛擊鼓，用筷子把玻璃球從一個盆夾到另一個盆里，用球拍拖著乒乓球從一頭走到另一頭，等等。如果成功了，就可以得到一張獎券，活動結束時可以用獎券換自己喜歡的獎品，通常就是一塊橡皮、一個卷筆刀等文具，我最喜歡的是需要5張獎券的立體插畫。

頭一次去，只得到3張獎券，自然是拿不到立體插畫。第二次去時，認真玩兒每一個遊戲，爭取都拿到獎券，但是也只拿到4張獎券，想再玩兒一個項目湊夠5張獎券，可是時間到了少年宮該閉館了。這次失敗我明白了：達成目標是有時間性的，在規定的時間內完成任務才叫成功。

第三次去少年宮，明白了時間的限制，抓緊時間玩兒，盡量找人少排隊短的項目玩兒；可是，每個項目排隊的人數都差不多，我就又一個項目一個項目地排隊玩兒了起來，有的項目能拿到獎券，有的項目拿不到獎券。少年宮閉館時，又是只拿到4張獎券，沒有得到心儀的立體插畫。這次我明白了第二件事兒：我不是擅長所有遊戲，貼鼻子的遊戲我幾乎次次能拿到獎券，夾玻璃球的遊戲有時成功有時失敗，拖著乒乓球走的遊戲幾乎次次失敗。

第四次去少年宮時，先玩了兩次貼鼻子，拿到兩張獎券，然後就抑制不住地去玩兒別的遊戲了，最後到閉館時還是只拿到4張獎券，離心儀的立體插畫還是一張獎券的距離；要是堅持住多玩兒一次貼鼻子的遊戲就不至於了。這次失敗我明白了第三件事兒：如果在少年宮玩兒是為了拿到5張獎券得到立體插畫，就要克服自己的好玩兒心理集中時間先完成5次貼鼻子，成功拿到獎券，然後再繼續想玩兒什麼玩兒什麼。

明確了目標，第五次去少年宮時，我先玩兒了5把貼鼻子，拿到了5張獎券，又隨便玩了一個項目一共得到6張獎券。少年宮閉館時終於換到了嚮往已久的立體插畫。

在這次之後，我就再沒有去過少年宮，好像那些遊戲、那些獎品對我已經失去了吸引力。成人後回想，少年宮玩兒遊戲的經歷對我後來的做事風格有很大影響，儘管書上、家長、老師也會教各種做事方法，但是這些從遊戲玩耍中得到的自己的經驗更深刻，也更實用：

1. 目標集中、明確，魚和熊掌不可兼得時一定要先捨棄一個
2. 沒有時間限制地談目標是耍流氓
3. 接受自己有所長有所短的現實，發揮所長到極致
4. 快樂是來自於實現目標的過程中，而不是目標本身（那個立體插畫在書桌上擺了幾天也就扔了，倒是怎麼得到立體插畫的過程讓我一直記到現在。）

原來我是怎樣的人、能幹怎樣的事早就注定了，感謝我的小學老師！儘管我早已記不起你的姓名，感謝你對我的寵愛，給了我最多的機會去少年宮！

夏天來了，畫扇玩兒吧！

夏天近了，像往年一樣買了扇面，畫了送朋友們。以往都是想畫什麼就畫點兒什麼，今年玩兒的高級一點兒，咱們搞訂制！正好五一期間越越回京，我們聚會了兩次，分享了各自的愛好、最近幹的事情，我覺得有趣就根據她們講的故事給每個人畫扇面。

來抓我呀！ - 越越

越越家的狗走了以後，決定養一隻貓，於是就有了“一休”，一隻純種英短藍貓。之後又覺得一隻貓白天獨守空房很寂寞，就又有了“妹妹”，一隻混血的卷毛貓。

“一休”會逮老鼠，會抓鳥；這些“妹妹”都不會，但是“妹妹”会打“一休”。所以，“一休”在吃飯前一定要先觀察好，沒有“妹妹”在附近才肯吃飯。

“那就分開喂唄？”

那“一休”也不會像“妹妹”那樣看到牛肉就一猛子紮下去吃，而是先左右看看，“妹妹”不在附近只有越越在，就撒嬌地跑到院子裡等著越越追出來，然後，一翻身躺地上，把肚皮翻上來，等著越越把他抱回去才肯好好吃肉。

誰偷了我家的仙人掌 － 寶妹妹

寶妹妹和老公住在部隊大院裡，有些軍屬是小城市來的，比較愛貪小便宜。寶妹妹業餘時間喜歡養花花草草，為了讓喜陽的植物多接受陽光，也會在夏天把植物放到戶外的公共區域去曬曬，其中有一顆紫砂盆的大仙人掌是寶妹妹很喜歡的品種。

在外面放了幾天，寶妹妹發現自家的仙人掌不見了，懷疑是鄰居家那個愛貪小便宜的家庭婦女偷偷搬回了家。但是，又不知道怎麼說，總不能當面直接問吧？懷疑人家偷東西，將來怎麼處鄰里關係吶！

扇子送給寶妹妹時，寶妹妹高興地說仙人掌回來了。原來寶妹妹找那個家庭婦女去聊天，有意無意地說自家的仙人掌不見了，也不知道被誰錯搬回自家了；第二天，那盆仙人掌又出現在了公共區域。

陪你最後一程 － 超姐姐

超姐姐是我們宿舍老大，脾氣最倔！小時候因為不服媽媽的管教，7 歲就跑到鄉下和姥姥一起過，自己做飯，自己去上學，也真有她的！到了高中才又回到父母身邊，不久就考上大學，來北京了，畢業後一直在北京工作居住。

所以，和父母在一起的共同生活的時間很少。

最近兩年父母年邁，超姐姐就把父母接到北京和自己同住。開始也會有爭執，漸漸地，通過和母親交心地溝通，現在超姐姐覺得和母親的關係可融洽吶！每次我們聚會，母親都會指導超姐姐給我們做陝西的油潑辣子；這次聚會，超姐姐還和母親一起給我們每個人做了香囊，配在身上，可以清心、防蚊。

超姐姐正在找回年幼時缺失的母愛！

我要蜜桃臀 － 教練小 V

去年底認識的小 V 教練，個兒不高，第一眼見她就被她的大臀吸引了，誒呀媽呀！這屁股蛋兒，跟歐美人差不多，都快趕上拉美人了。

作為我一年以來的教練，她最愛帶我練的也是臀！其次是背。她的理論很實際，臀肌和背肌是人體最大的肌肉群，練起來消耗大，增肌減脂見效才快！而且，有了臀，穿裙子、穿褲子、穿旗袍、穿什麼都好看，裸著更好看！

桃之妖妖，灼灼其華

之子于歸，宜其裙褲

桃之妖妖，滿滿其型

之子于歸，弓步深蹲

桃之妖妖，彈彈其質

之子于歸，雞胸牛肉

最愛大奶 - X 老闆

有些人成熟到一定程度好像就停止發展了，小男生喜歡女人的大胸器，成熟一些了喜歡臀部挺翹的，再成熟一些喜歡氣質出眾才華橫溢的；有些人永遠停留在了欣賞大胸器的階段，提起奶罩、奶…會興奮不已，對大胸女人也偏愛有加，不在乎其它方面。

X 老闆的母親就是大胸老太太，據說 X 老闆中學才斷奶，這也就解釋了為什麼X老闆遲遲不成熟、超級戀奶的原因。我們有時也會笑話X老闆行為幼稚，他自己開解：我對大奶已經沒興趣了！

然而，X老闆40多歲時看上了公司里一個不知道是E罩杯還是F罩杯的女孩，體力真好，能踩著高跟鞋跑一天，只是公司的業務是一直沒做出什麼來。那時，X老闆的事業剛剛起步，養不起閒人，過了幾個月，看夠了大奶，就把大奶妹辭退了。

X老闆知天命的年紀事業終於有成，找秘書時終於又發現一個我們認為的巨乳症患者，不知道罩杯多大，反正臉是夠大夠圓，擠得眼睛只有兩道小縫，永遠睡不醒的樣子。可能是因為眼睛睜不開吧？腦子也總是迷糊的。就這樣一個笨秘書，X老闆視為公司未來的接班人，把採買、公司文件蓋章、保險櫃交其管理，平時買錯東西、算錯考勤多發工資等的失誤，X老闆就找其它員工頂缸。終於有一次巨乳症私自蓋了公章，錯誤太明顯又找不到頂缸的人不得不辭退了；但又捨不得巨乳症離開，就離了婚和巨乳症幸福地生活在了一起。

自此，X老闆倒是成熟了一些，平時在公司很少再提胸、奶、奶罩的事兒了。

混圈子有多重要

燕兒姐是花姐的發小，我們以前認識，最近她退休了，我們一起開車出去玩兒了一次。坐在車里，上了高速，開始敘舊。我問：

「你和花姐是什麼時候的發小啊？」

「那可長了！從初中吧，我倆是一個班的；後來還是一個高中，也是一個班的。」

據花姐說，她剛到北京時就進了燕兒姐所在的初中，因為她是插班生、又有天津口音，同學們都不太愛搭理她，就燕兒姐挺熱心地帶著她熟悉校園，有人欺負她時還替她出氣，所以，她倆的友情一直保持到現在，和其他同學基本不再聯繫了。

在高速公路休息區活動時，我逮著機會問燕兒姐：

「花姐老說她上學時成績好著吶！」

「我們倆成績都挺好！不說是最好的吧，也是班裡前三名的。」

「那為啥花姐沒考上大學呢？是沒好好考？」

「我也沒考上啊！」（燕兒姐後來是上了警官大學，應該是大專）

「那是就你們倆發揮失常，還是大家考的都不好？你們那年有幾個考上大學的？」

「沒幾個，鳳毛麟角，好像就一、兩個！」

「你們那個中學是什麼中學？普通中學？」

「就是普通中學，不是特意考進去的，就近入學。」

「哦，說明混圈子很重要！」

我想到我們中學的升學率是100%，我們那時追求的是第一志願錄取率。她倆要是進入那樣的學校，也就不會考不上大學了，大波轟也能進個大學，頂多是學校好壞的問題。怪不得網上常說：圈子重要吶！

物以類聚，人以群分，花姐也不是很看得起她的那些中學同學吧？要不她也不會幾年同學下來只留下燕兒這麼一個朋友還保持著聯繫。有時她也會遇到以前的中學同學，她都跟人說：「平時都挺忙的，沒事兒就不用來往了！」拒絕加人家微信，最多留個電話，人家遭到拒絕也不會輕易再聯繫她。中學同學聚會她也從不參加。大概花姐也明白這個道理，她的那些中學同學基本上都不如她，她也不要和他們混在一個圈子里，只是她嘴上不說而已。

學倪瓚有感

昨日秋風來萬里
月上高樓，冷透人衣袂
苦學雲林愁不寐
終是風流不可追
每嘆世間諫言少
白眼旁觀，所思垂令名
不知引鏡自窺，何以為貌！
富貴不足道

終是俗人，一落筆就實了、過了；不過，總好過一開口就實了、多了，招俫口舌。

見到了彼岸花

中秋去浙江麗水玩兒，中秋夜住在雲和梯田的山上，崎嶇的山路，開了兩個小時才到達山頂的客棧。停好了車，跟著老闆往客棧走，下一段台階，走在山邊的小路，路邊老闆用心地栽種著各種花草和蔬菜，黃昏下，點綴鮮花的小路，心情一下放鬆，糟糕道路帶來的緊張疲乏丟落在了小路上。走著走著，看到了彼岸花！我驚呼：

「彼岸花！」

綠色細細長長的花莖上沒有葉子，頂著一朵艷紅艷紅的花，蕊很長，驕傲地伸展著；花瓣細而長，或舒展或捲曲，組成一朵大大鬆散的花。夕陽下，她高傲地沐浴著最後的陽光，發著妖冶的橙紅色的光。

心境不好的那幾年，愛聽玄幻故事，尤其是描寫陰間的。據說黃泉路上開滿了血色的彼岸花，因為彼岸花開花時不長葉子，長葉時不開花，花和葉永不相見，正好象徵著永別。浪漫詩意的花，真心嚮往，但從沒有見過實物，只見過照片，曾經還畫過一副油畫和幾幅水彩，描繪彼岸花。油畫找到了，水彩那幾幅不知道哪裡去了。

第一次見到真的彼岸花

每年開花六個月
花落後再長六個月葉子
葉落後再開六個月花
花不見葉，葉不見花
鮮艷的紅花，鋪滿黃泉路
提醒著路人：喜歡的不喜歡的，
永不再見！
當地叫石蒜花，俗了很多
山上的野花而已
沒有籽，隨便挖來就能活得很好
嬌艷艷地點綴著客棧的小路

咱也開個咖啡館

「女性，到了一定年紀，好像都有個開咖啡館的情結，」設計師小犁如是說，他老婆當時正在眾籌開咖啡館。搞基因的某帥哥的老婆也在開咖啡館，看他的朋友圈，每天都在品咖啡、講咖啡、拍咖啡館，連去旅行都要找找當地特色咖啡。我不懂咖啡，只是在健身前喝（充當氮泵的作用），外出沒有順口的茶時點咖啡，但是也想開個咖啡館，不為了咖啡，我想是為了咖啡館的那種氛圍吧？乾淨，飄著咖啡麵包糕點的香氣，安靜，舒緩；裝修不用太奢華，寬敞明亮舒適，細節處有品就好；最好開在自家樓下，隨時工作，隨時收工。賣的是真正質量好而不太貴的咖啡，花式有限，畢竟不是星巴克的LOCAL版；點心和簡餐也是簡單的幾樣，隨時令更換，新鮮健康美味。有人獨坐，或看書或寫作或發呆；有人約二三知己，低聲淺談，絕對不能呼朋喚友的一幫人，那會太吵吵，還不如去餐廳或酒吧；人夠多可以辦個讀書會、交流會、講座什麼的，這時是一堆或相熟或不熟的朋友聚在一起。為了開個咖啡館，甚至想過去學一個咖啡師的資格；但是也不是就能開咖啡館了啊？還是去一個咖啡店實習一段時間吧，學學人家是怎麼運行的。找到COSTA，確實在招聘咖啡師（服務員都叫咖啡師），工作時間還挺靈活，就是有年齡限制：18-45歲，我受到了歧視！

心裡有想法總會不自覺地漏出來，發現原來咖啡館情結不只限於我這樣的所謂小資或者文藝熟女，連花姐那樣的女漢子也有，只不過她不會想著親自開，她還有她的更偉大的事業，她願意經常給別人出主意。有次艷芬來找我和花姐小聚，艷芬剛剛辦理了退休，以前十指不沾陽春水的她正在試做各種健康早餐，而且艷芬屬於喜歡喝茶的一族，偶爾也喝咖啡。花姐建議：「你倆可以開個咖啡館，要有特色！不能光賣咖啡，要有其它特色食品。」

「是啊！有時咖啡館吸引人的是蛋糕、點心。」艷芬應和道。

「要有自己的特色！我覺得鹵煮火燒有特色！好吃！」花姐不動聲色，絕對不是在打叉的表情。

我瞪大了眼說不出話，艷芬沈寂了一會兒，耐心地說：「咖啡、茶啊，最容易吸味兒，不適宜和味道重的東西一起存放！」

「不會！…這多有特色，生意肯定火！」

我和艷芬都無語了，花姐的「老北京特色咖啡館」也不再提。

上周燕兒姐退休，我們一起吃了頓飯。燕兒姐正在經歷更年期，一會兒腿疼一會兒胳膊疼，一會兒覺得熱一會兒覺得冷，還睡不好覺。談起今年北京政府有個政策就是扶植衚衕文化產業，據說是免租金的，在衚衕里開咖啡館等文化產業，在東四附近的幾條衚衕里看見過，除了衚衕游的那兩家，其它好像整天見不到幾個客人，幸虧免租金，否則怎麼經營得下去。衚衕里大部分住的還都是老北京或者相對收入低的外地人，貪圖房租便宜，文化和收入決定了咖啡不是他們的飲料，麵包不是他們的早餐。花姐這次也建議燕兒姐：「你們倆開一個啊！只要能找到免租金的衚衕。」

「開在衚衕里，客源有限啊，衚衕里還是大爺大媽多，消費能力有限。」燕兒姐退休前在一個外資的 SHOPPING MALL 工作，見過餐飲是怎麼經營的。花姐耐心地對待這種反對意見，「不能只提供咖啡啊，可以提供健康早餐吶！像手工做的、你愛吃的麵包」，花姐看了我一眼接著說，「咱做的麵包是純手工啊，好吃！」（我愛吃的是麵包房做的歐式麵包，外皮很硬，內里很韌，有嚼頭的那種。鄭重聲明可沒見花姐喜歡吃這個，她嫌喇嘴，最多在麵包房買個牛角包。不知道衚衕里住的人有幾個能接受價格貴又不和他們口味的歐包作為日常早餐？）

「我愛吃的是硬不拉幾的歐包，中國人一般喜歡的是軟軟的港式麵包。」我說了一半，留了一半。

花姐毫無退意，「咱手工做，用料好！不怕沒人吃。不會做，學啊！你不是挺懂麵包嘛？」

「愛吃不代表會做啊！歐式麵包據我所知是二次發酵，有些甚至是三次發酵，晚上和面，半夜起來和一次，凌晨開始烤才趕得上早餐。做麵包是個力氣活兒，你看我倆誰像有把子力氣的；半夜起床和面，你覺得我倆誰乾的了？」

花姐依舊不甘示弱，「就乾上午，下午關門休息！」

「下午茶是咖啡館重要營業時間！」燕兒姐提醒到。

「除了早餐，還可以做健康午餐啊？來個自助沙拉。要面向那些90後的，出過國的年輕白領，他們能接受早餐的麵包加咖啡。」（住在衚衕里的90後歸國白領？還真是鳳毛麟角哩！）

我打圓場，「咱們就當娛樂節目聽聽吧！我這姐姐思維比較奔逸。」

還好，繼續吃菜，打住了花姐接續衚衕里90後白領的早餐計劃。

要是開個咖啡館，咱就擺上書和非電動玩具，喝個咖啡或者茶，看會兒書，打會兒毛衣，擺會兒積木，再發發呆，聊會兒天……要是有人有故事，咱就用一杯咖啡交換…過著過著，時光迷了路，丟失了方向！

和婦科醫生們登山去

國慶假期川兒約我、沈姐姐和騰妹妹去北京後花園登山拍照去，她們三位都從事和婦幼保健有關的職業，也都喜歡玩兒，尤其沈姐姐業餘時間專攻攝影，有她就有美照。查查墨跡天氣，那天要下雨還腰斬式降溫，怎麼我一和川兒約會就下雨，不過我倆的交情，下就下吧；降溫，多穿唄！

當天一早中雨，很早就坐上川兒的車出發了，騰妹妹開車帶沈姐姐一起走。一路順利，早 8 點多就到公園入口附近了，路邊沒車，有個停車場入口的指示牌，再往里開，好像是工人們的住房，還沒有人。掉頭進停車場吧！

我們掉了頭往停車場開，入口處也沒人看管，下個小坡進停車場，泥地的，裡面空無一車，都不知道停哪兒好了，往里開開吧。轉了個小彎兒，車就開不動了，我們踩著泥下車觀瞧。前軲轆陷在泥里，後軲轆軸上纏了地上鋪的那種綠色網兜，使勁兒把那些網兜揪下來一些，但是也揪不乾淨；再發動，還是開不起來。

坐在車里，川兒先想到沈姐姐她們，不能讓她們也陷進來，我說：

「別急！我來通知沈姐姐她們，你趕快聯繫救援。」

「救援電話是什麼呀？還是找我老公吧！」（女人就是女人，平時看著風風火火，關鍵時刻還得老公！）

「保單上有救援電話！」

川兒還是先給老公撥通電話，報告情況，就聽見那邊老公著急地責問怎麼會陷到泥里，怎麼會讓網兜纏在車軸上，川兒打斷說：

「先別說這個，先把救援電話找到發給我！」

這時川兒才開始找保單，找救援電話。老公的電話倒是很快過來，說救援電話發過來了。川兒開始打救援電話，沈姐姐她們也踩著泥地過來了。

經過沈姐姐的一翻檢查，認為網兜不是問題，問題出在前軲轆陷在泥地裡無法著地受力，所以才開不出來。我們幾個找石頭、找木板墊軲轆，找附近有沒有工人可以幫忙，經過一陣折騰，一個個泥手泥腳也沒把車開出來，好在雨停了，就到停車場入口等救援了。期間，沈姐姐還一直安慰大家：「怎麼都是玩兒啊？經歷一次也不是什麼壞事！」

在停車場入口，我們先是找地兒洗手，然後開始吃早飯，然後就開始四處轉悠。期間川兒的老公隔 10 分鐘就打來一次電話詢問情況，甚至想也開車過來。哎！秀恩愛都要秀到北京後花園了。

川兒和騰妹妹圍著停車場、公園入口附近轉了很久回來得意地說：「公園不開門！」，然後得意地一攤雙手。後來的幾輛車陸續開走了，沈姐姐背上相機，拉著我：「走！咱也看看去。」然後就帶著我到處看，拍拍雨後的花兒，拍拍公園的入口，一副假裝逛公園的架勢。

後來救援來了，證明網兜不會損壞車輛，陷在泥里還是得有拖車。等把川兒的車拖出來，已經 11 點了，公園也開了門，我們愉快地爬了山，在山頂看雲捲雲舒，拍了美美的照片。

在山頂還遇到一個退休的大姐，一個人在爬山，高興地和我們打招呼，還在山頂高歌一曲，錄了一段視頻。她說她是心理咨詢師，平時壓力大，經常爬山釋放壓力。她對周圍的山很熟悉，從我們來時的路反方向走，能到鳳凰嶺。又是一個恣意享受生活的女性！

這次出遊的感想：

1. 隨時隨地、順境逆境享受當下，保持好心境

2. 什麼都做不了時，等待

3. 女人還是要多掌握技能，才能更獨立

爬山會友待詩成
雨後登山拾級上
青山綠山紅石山
雨後幾多白雲生

我接受了自己的扁平足

一直有眼袋，40 歲後雙眼皮變成了三層眼皮，我計劃在 48 歲時開始去去眼袋、消消皺紋什麼的。我準備去日本直接做手術，因為看見別人打 BOTOX、PRP 等，隔段時間還要重復，不打就會更顯老。

幾年前遭受變故，又貧血、營養不良了 4 年，當身體漸漸恢復正常，心理/心境也發生了變化，看著鏡中眼角的皺紋、額頭新生的淺紋，這是我經歷了這一系列事情的見證，是我心理成長的印記，是我變得成熟強大應該付出的投資，為什麼要抹掉這些印記吶？儘管，這幾年有痛苦，有時是痛不欲生；有憎恨，有時都不知道該恨誰；有悔恨，有時要靠冥想才能原諒自己當初的選擇；有絕望，不知道明天太陽是否會升起，在非洲遇險時甚至覺得死在荒原上或者淪為土著也是不錯的歸宿；但是，也有收穫，失眠時開始大量閱讀各種能抓得到的書籍，有心理、心靈學的、哲學的、中國外國的藝術史、古代的現代的小說詩歌，甚至研究了中國服裝史；開始練書法、畫畫兒，還請了老師一直教了我 5 年；後來又愛上了跑步、普拉提和擼鐵；這些活動愛好也讓我交到了幾個知己朋友，他們未必會陪伴我終生，但在相處的時日里我們有深度的交流、彼此有啓發，相互傳遞正能量。這就是閱歷，有痛苦也有甜蜜，有損失也有所得，有毀滅也有建立，有打擊也有成熟，它塑造了現在的我，額頭的皺紋是多少次冥思苦想的積累，眼角的皺紋是多少次會心微笑的沈澱，法令紋是我對生活嘲弄的大笑，我要保留它們，每日帶著它們，我的皺紋們，去面對世人！

對於自己的身材，我最不滿意的，一直耿耿於懷的是我的粗小腿，採取過各種措施，按摩、普拉提、塑形襪…, 都沒有明顯改善，都是實實在在結實的肌肉啊！健身教練第一次見面都會問：對自己哪個部位不滿意？每次我都答：首先是小腿，但是我也知道這個最不好解決。小 V 教練倒是一直把這事放在心上，最近她去參加一個有關康復訓練的課程，她說：我要問問講師！

隔天小 V 教練上著課給我發個微信：

「粗小腿是扁平足導致走路姿勢不正確造成的，我記得你是扁平足，但是我得再看一下，如果是後天形成的扁平足，還是有辦法可以矯正的，要穿特製的鞋襪，做一些訓練。」

看了她的微信，知道了我的粗小腿有救，並沒有覺得很興奮。不是不想再管我的粗小腿了，有方法我還是會繼續試試的，但是我已經接受了我的粗小腿。儘管它還是那麼粗，我已經不介意穿裙子或者緊身褲把它們顯露出來，它們是我身體的一部分，我不需要時刻想著把它們隱藏起來了。

J 姐說我是更自信了，我覺得我是對自己更包容了，即我更接受自己了；美的不怎麼美的，好的不怎麼好的，優秀的不怎麼優秀的，都是我的一部分，它們共同組成了現在的我。更接受自己，也就更自信了！

喜歡一個人，始於顏值，忠於人品
崇拜一個人，始於筆記，終於著作
一年又四個月
他寫的難不難，俺不清楚
我讀的難過中學生自學《大學物理》
廬山煙雨浙江潮，
未至千般恨不消。
到得還來別無事，
廬山煙雨浙江潮。

我去喝杯酒，慶祝一下看到了浙江潮

活在當下的理解

在 Kindle 上看到《活在當下》在促銷，猶豫了一下，當下還有好幾本書沒看完，先放一放吧。兩年前買了肯•威爾伯的很多書，心理學著作都快趕上哲學書了，太難讀，就放了一陣子；整理書櫃拿出《意識光譜》開始學習，比較一年前，能看懂的部分多了些。

關於時間，1. 我們通常認為時間是一件事接續另一件事，這直接依賴於我們的記憶；沒有記憶，也就沒有時間的概念，也就沒有過去或未來的觀念。像：金魚，據說它只有 7 秒鐘的記憶，7 秒之後記憶就不存在了，7 秒之後它就沒有過去了。2. 但是記憶不是真像，記憶是幻覺，是追溯過去的畫面。金魚回憶一下 7 秒前吃的魚食，它可能追溯到魚食的形狀、味道，但它不可能真正吃到魚食，7 秒過後對於魚食的記憶就消失了，甚至完全忘記了吃魚食這回事，又開始吃起來。3. 記憶是現在保留的對於過去的畫面，所以，記憶只能存在於現在，也就是當下。

對於未來也是同樣的，未來不過是我們現在對還沒有發生的事件的想法。總之，我們所能意識到的時間只有現在、只有當下，過去是現在對於過去的虛幻的記憶，未來是現在對於未來的想法。

既然只有當下，那我們事實上就只能活在當下，無需去看什麼《活在當下》，只要活著就是在當下。不知道這本書的作者要講什麼，大概不是哲學著作吧？估計是教人怎麼轉變心境或者生活方式的書。

探討時間是因為生死，沒有了過去和未來的當下，也就沒有了時間；時間消失了，就是永恆。宗教、哲學是為瞭解決生死的問題，生是過去，死是未來，活著是當下;沒有了過去，沒有了未來，只剩下當下活著的狀態;時間消失了，生死消失了，這就是永恆，我們活著就是永恆者。

不管這麼想是不是太矯情，想通之後還是蠻愉悅的。無畏生死，活在當下！

引用一段似懂非懂的詩：

因為眼睛注視著，但卻看不到它

這就叫做躲避

因為耳朵傾聽著，但卻聽不到它

這就叫做極高

因為手掌感受著，但卻找不到它

這就叫做極微

這三者，由於無法進一步細察

於是融為一體

它的升起不會帶來光明

它的落下不會帶來黑暗

這一系列無名之物沒有窮盡

一直回到了只有虛無的地方

所謂的儒釋道，所謂的禪，不過就是要求證出「虛無」，說服自己真正相信「虛無」。

過去必須與記憶一致，未來則與期望一致，而記憶與期望全都是現在的事實。這種當下的時刻即與過去無關，也與未來無關，那麼它本身就是沒有時間的永恆。

永恆的人生就屬於活在當下之人。

永恆不永恆無所謂，活在當下！繼續畫畫兒吧！

不給你家當小孩了

在朋友圈看到衛華說：

這個月正式給女兒發 10 月份工資啦，1000 元，小傢伙蠻開心的，對一個 17 歲的小女孩，這可是一個大數目啦，而且是固定工資收入，每月都有可支配的錢。學習的好也不會多給，因為學生學的好是份內事，應該的；學的不好已經盡力了也不扣錢，將物質獎勵和成績分開，避免孩子患得患失，一考試就焦慮。其實以前也差不多每月花這麼多，只不過每次 200、100 元，花完再給。

以工資而非零花錢整月發給閨女，是最近想到的辦法。她可自由買自己喜歡的東西，也可以積累起來買個大件的，也可以送朋友禮物，花不完存起來，思考理財、規劃使用自己的錢，有當家做主的幸福感。本來生活就是豐盛富足的，將來做人生選擇時，就不會受錢多少的誘惑或限制，少糾結，選擇更接近本質喜歡的或想乾的事兒。專心致志做著喜歡的事兒，成就和賺錢是稍帶的自然結果。

另外還有獎學金，清美 5 萬，央美 3 萬，其它 1 萬，考上大學就擁有了第一筆啓動資金。考哪個學校上什麼專業自己做主，獎金則由爸媽定。要是應屆就考上理想的大學，可給家裡省了不少錢呢！所以現在的話風就是：小同學，家裡派你去學習深造，發工資，好好學！學的好就是給家裡做貢獻啦！

閨女還挺喜歡聽的，也許這樣能減輕她的心理壓力，肯定價值和貢獻。

既然初高中生的孩子首先需要的心理營養是：「無條件的接納和選擇的自由"，那我們就落到實處，想辦法給她接納和自由，讓她快樂豐盛的享受生活。

就象那首小詩：爸爸媽媽的力量很小，卻足矣給你全世界的愛。

世界的力量很大，卻奪不走你半分的自由。

衛華把學習視作女兒的本職工作，工資是作為工作報酬發給女兒的，並且從行動上讓女兒認識到學習就是她的工作。多羨慕這樣會當父母的盡責父母！
本人從小被幾個人家看護過，除了父母，剛出生時被扔到奶奶家，半歲時又被扔給同樣在北京的姥姥家；但是那時姥爺姥姥還沒有退休，沒有時間管我，就花錢把我送到北京衚衕的老太太家裡日托，晚上再接回來，有時也在人家家裡過夜。那時北京有許多沒有工作的老太太（就是家庭婦女啦），除了照顧一家人的起居飲食順便幫人看看孩子，增加家庭收入。姥爺姥姥也不是固定把我送給一家老太太，不知道為什麼還經常更換，是因為我淘氣經常被嫌棄嘛？我記得我小時挺乖的啊。所以，到現在我也只記得一個老太太，是小腳，我叫她小腳老太太，她老伴休息時間喜歡去釣魚，我叫他打漁姥爺。上大學之後還帶我去看過小腳老太太，其實我已認不出她，她倒是還記得我，說我比小時瘦了；臨別時，小腳老太太扶著牆出來送我，一副依依不捨的樣子。後來就再沒見過面，應該已經過世了吧！
除了在北京被不同的老太太看著，我也去過河北農村，是姥姥的老家，可能是住在我稱作舅舅的人家，已經沒有任何印象了。只聽姐姐提過，從農村回來時很土，她叫我土妞！給梨吃時還拒絕，說有蘿蔔吃就好。哎！誰不知道梨比蘿蔔甜啊，就算我那時還小；要麼是沒有嘗過梨的甘甜，要麼是受到壓抑不敢吃好吃的梨。事實是直到現在我也不喜歡吃蘿蔔，再好的蘿蔔我也覺得辣心！
也在姥姥家完整地住過，一般是冬天，農閒的時候，姥姥會請農村老家的年輕姑娘來家裡住著，把幾口人的棉衣做出來，還給每人做出幾雙布鞋，順便在家裡看著我。這幾個年輕姑娘我叫姨，其實也就十幾歲的樣子，跟著她們會有一些樂趣。她們打毛衣我就要兩根針和一小團毛線自己琢磨著織，後來居然給姥姥織出一頂毛線帽，儘管不是很好看吧，姥姥還挺愛帶。她們最擅長繡花，給枕頭套、鞋墊都繡上漂亮的花啊、鳥啊的，這個我沒太學會，因為要用花繃子，沒有多餘的給我用。她們也會畫畫，好像不用什麼書本圖樣，就能在信紙上（家裡沒有畫畫的紙）畫出美麗的荷花、荷葉，甚至還能畫出埋在地裡的蓮藕。我想我喜歡畫畫也是受了這幾個年輕姑娘的熏陶吧！

短暫的沒有人看的日子，姥爺或姥姥就帶著我一塊上班，大人工作，我就自己呆著，很少亂跑，也不太能找到小夥伴一起玩兒，周圍都是姥爺姥姥或者父母那麼大年紀的人。姥姥教育我要講禮貌，見了人要知道叫人，怎麼稱呼吶？和姥爺姥姥差不多年紀的，男的叫姥爺，女的叫姥姥；和父母年紀相仿的，男的叫叔叔，女的叫阿姨。

由於每個看護過我的人時間不長就分離了，加上年紀又小，我對每個照顧過我的人都沒有太多的印象；頻繁地熟悉新的看護人，隨時面臨的分別，我覺得我的感情很淡漠，對誰都沒有產生過很深的思念之情。父母、姥爺、姥姥、爺爺、奶奶和叔叔、阿姨等一樣不過就是個稱呼，不代表任何血緣或親戚關係。

上小學之前，父母第一次把我接到洛陽一起暫住。我也沒覺得有什麼特別不同，只是農村不像城市的道路那麼好，下雨天要穿雨鞋否則淤泥會進到鞋里；那裡的孩子比較野，男孩子有可能會欺負我；據說老農會拐騙小孩，要離他們遠些。最大的不同是，姥爺姥姥一般不會說我，更沒有打過我，犯了錯誤最多瞪下眼、臉一拉我就知道錯不說話了；父母是讓我站在他們面前數落，我也不知道該怎麼辦，只會聽著不言語，然後就會招致一頓打屁股，又不敢哭，強忍著，到了晚上就發燒直接送醫院。等燒退了，自己也想不明白為什麼父母要打我，姥爺姥姥為什麼就不打我，別人家的孩子是不是就不會挨打，要是有可能我多想選一家對孩子好些的人家，就像姥姥把我送到一戶衚衕老太太家去寄養那樣。想多了，我居然對著我媽說了一句：「以後不給你家當小孩了！」印象中，不只說了一次，連我媽都記得了！有一次還調侃我：「又要說不給你家當小孩了？」。從此以後，我倒是再也沒說過這句話。

可能到現在我也認為子女、父母、同事、朋友只不過是一台戲里的角色，合作的愉快我們就繼續按照這種組合演下去，不愉快我們就調換一番，還不行就換個劇組吧，重新組合一台戲。

才華向來不是源於幸福，而是源於絕望。於腐朽裡面，以命運的刻骨之殤，生長出尖厲和冷嘲。

現實版財燒

郭德綱說人對於金錢的態度分為三種：財主、財奴和財燒。穿8000元的褲子，累了，敢坐地上休息，不怕髒了褲子，這叫財主；穿500元的褲子，累了，哪兒都不敢坐，怕弄髒了褲子，在路邊戳著累著，這叫財奴；口袋里揣500元錢，得時常嘚瑟一下，早晚還得把錢嘚瑟丟了，這叫財燒。

俺是金牛座，出了名兒的做事要規劃、嚴格遵守時間表；但是，偶爾也有想爛漫一下，打破常規的想法，比如：來一次說走就走的旅行。

週五的晚上大概8點，花姐打來電話：

「女排正在札幌比賽，咱去看吧！明天就走，明後兩天正好看上決賽和半決賽。」

儘管很突然，晚上說，明早就得出發去機場，但是，衝動一下也很好玩兒啊！

「我看看機票和酒店哈！這麼晚了，不知還有沒有機位了。」

儘管是衝動的旅行，也不能背包就奔機場吧？好歹飛機上得有個座位，到了札幌得有住的地方。先去訂機票，第二天飛札幌只有早晨的機票了，趕緊下單，兩張；支付了賬單，等著攜程確認出票。然後，開始搜索酒店，最好在體育館附近，去看球賽方便些。中間還打電話問問花姐比賽場館的位置。

確認出票的短信剛剛收到，花姐就打來了電話：

「告訴你一個不好的消息，球票售罄。別訂票了！已經訂了？那退了吧！」

一場說走就走的旅行告吹了，要爛漫一次的想法破產了，坐在家裡沒動地兒1個小時，不用小偷，不用騙子，退機票損失了1200元。花姐完美地演示了什麼叫「財燒」，咱有錢也不花在自己、朋友或家人身上，花姐常說「我掙錢那麼辛苦，怎麼就不能浪費一些？！」

觀音說：

春有櫻桃秋有瓜

夏有蟠桃冬有橘

若無體重掛心頭

便是人間好時節

我狠起來連自己都害怕

週末教練休息我自主訓練，做仰臥倒蹬時，加重量、加重量，一直加了(25+25+10)*2磅，一共增加了120磅，加上空桿（一直不知道空桿有多重）差不多有我的體重了。今年一月份第一次做這個動作時，教練講解完動作，我還問：

「加多少重量？」

教練看都沒看我說：

「你先試試吧！空桿就差不多了。」

10個月後（期間2、3個月沒有訓練），重量已經長了120磅，跟教練的水平差不多了。10個月來，除了健身房閉館和我休假外出的日子，每周都保持5天以上的訓練，只在生理期會多休息一天。每次訓練差不多都要2、3小時左右，1個多小時的重量和1個小時的有氧；後來體能好了，重量有時能做到2小時。鍛鍊時間基本上和長在健身房差不多了。

有些人會運動成癮，一天不動渾身難受，有時休假幾天不練教練還問我：

「幾天不練了，難受不？」

「說實話是，我覺得不練挺舒服，有大把的時間看書、會朋友、出門玩耍，都是我愛乾的。之所以能每天來，是強迫症發作，為了健康和身材，我是逼著自己來鍛鍊的。」

花姐有一次批評我，認為不能和我這樣的人合作、共事，太狠！

「狠」是我做事的特點？

狠事一：

六年前開始學工筆，勾好線還是暈染，要用淡墨，乾了，再暈一遍；問老師：「這要搞到什麼時候啊？」老師答：「一般要3到6遍，有時要到9遍。」說完，老師使勁地點了兩下頭，就下課了，留的作業是照這樣再暈兩遍。

不就是暈9遍嘛！我倒要看看暈9遍會怎樣？於是，又勾了一張新的，踏踏實實真的暈染了9遍，還想再暈兩遍來著，不行了，紙都要破了，手指頭也要破了。因為，我老愛用手指頭去擼筆上多餘的水分。

第二周老師來上課時，指著暈染了9遍的那張說：「暈了9遍，這顏色多有層次！」

狠事二：

高中一年級從普通中學考入北京四中，物理老師姓王，是個不走尋常路的老師。不按照教科書講課，當然也不按照教科書出考試題；學校規定平時不准留作業，日常沒有小測驗，取消期中考試。第一學期末考試，物理才得了68分，把我媽嚇了一跳，從來沒見過這麼低的分數。當然，全班普遍也都是六七十分，很少幾個八十多分的，不獨我這麼差。

我把情況跟我媽說了，不是我不努力啊！照著教科書復習也沒用，老師也不是按照那個講的。聽了我說的，我媽明白了，王老師講的是大學的物理。她去書店選了一套兩本蘇聯出的大學物理，還附帶兩本練習題的，讓我自學。

第二個學期，一邊上王老師的課，一邊自學了上下兩冊大學物理學，做完了兩本練習題，期末考試是95分！我去取記分冊時，班主任看著我的物理成績說：「王老師的課能得這個分數不錯！要好好總結總結。」業餘時間自學完兩本比中學物理厚的大學物理，還完成了同樣厚的兩本練習題，我很累啊！也得到了回報。

考入北京四中後我明白一件事，我不是最聰明的，我也不是最棒的那一個；確立好目標，想好達成目標的各種方法，把每種方法都百分百的努力過一遍，剩下的就聽天由命吧！我的能力就這麼大，我已經盡全力了。好在，我好像不是最笨的，也不是最不走運的，每次用盡全力還都能差不多達到目標。

最近一個月在臨倪瓚，簡、淡、素，不過秋日里色彩豐富，終於忍不住要用上顏色了。

昨日秋風來萬里
月上高樓，冷透人衣袂
苦學雲林愁不寐
終是風流不可追
每嘆世間諫言少
白眼旁觀，所思垂令名
不知引鏡自窺，何以為貌！
富貴不足道

藍領？白領？

看到一篇短文，外賣小哥因為寫字樓午餐時間電梯人多送餐晚了幾分鐘，女白領不依不饒，

「我每個月 8000 多的工資，會為了幾塊錢跟你計較嗎？」

「我每個月 1 萬多的工資，會為了十幾塊錢跟你撒謊嗎？」外賣小哥反擊道。

小時候父母逼著讀書，考試成績一定要高，哪次分數不理想就會被責罵，理由是：不好好學習，將來考不上大學，就只能去掃大街撿破爛，要不就像鄰居孟阿姨一家，當剃頭匠一輩子伺候人。萬般皆下品惟有讀書高，是自古以來的中國傳統，即使在一切以經濟為標準的今天，上大學，當白領，也是大多數人的追求；即使藍領的收入超過了白領，即使白領要辛辛苦苦 996 地工作，家長也不願意孩子選擇技術學校，社會還是普遍認為白領的地位高於藍領。還有，現在的藍領也不是文盲完全沒有受過教育的，即使不讀大學也要讀個技校職高，是技術藍領。

越越在澳洲工作，據她說，藍領的起步工資確實會低一些，白領剛入職的工資是高一點；但是由於藍領的讀書時間短，參加工作時間長，等到和他們同年齡的白領開始工作時，收入就差不多了，甚至更高。藍領不用加班，工作不用傷腦筋，收入又高，他們都可有錢吶！娶的都是金髮碧眼的西人妞兒。

想著出國留學甚至在國外生活工作的國人，接受了歐美的自由平等，會比較開放一些，對子女沒有非白領不可的要求。也不是！只是表現方法更自由平等一些，不會像國內的父母「一定要怎樣怎樣」。靜姐姐一直在外企工作，兩三年前去美國總部工作了，兒子剛上小學，也跟著移居美國了。在路上老看見貨車司機的廣告牌，就跟靜姐姐說：「媽媽，我長大也要當卡車司機！」語出驚人啊！靜姐姐淡定了一會兒說：

「你要想想，當卡車司機要自己搬貨物的，那麼一大車貨，搬起來很累的，

你這小身子乾不了；而且，萬一把手傷了，你就不能拉小提琴了！」

「哦！這樣啊！那我不當卡車司機了。」

我們這一代辛辛苦苦奮鬥，是為了更好的生活環境、社會環境和社會地位，子女可不能從白領墮落到藍領。

現在的藍領即使是農村出來的，也受到了城市文化潮流的熏陶，接受過基本的職業培訓，不是上個世紀農村保姆的形象了。J姐決定給父母選一個保姆/護工照顧年邁有病的父母，約了在一個茶館面試，為了照顧對方的身份地位，J姐特意穿了樸素的布衣服，素顏沒帶首飾；應聘者來了，三四十歲的樣子，比J姐年輕一些，穿著比J姐時尚，還帶著項鍊戒指。J姐認為打扮成這樣不是乾活的樣子，不能用！作為保姆，就應該樸實，穿著樸素，不能帶項鍊戒指等首飾，多影響工作啊！都已經是2019年了，哪兒去找上個世紀那樣的穿著土氣、大字不識幾個的保姆？

姪女去美國讀書，出國前她媽一心想讓她留在美國，但是讀的專業偏文科，不容易找工作。我建議姪女業餘時間學個技術類的執照，如：咖啡師、烘焙師、健身教練等，這類技術藍領，在美國好找工作，就算回國也容易找工作，而且工資也不低，工作強度也不像白領那麼累。但是，她媽也就是聽聽，絕不允許她去乾藍領的工作；哪怕回國考公務員也不在美國當藍領。

說歸說，做歸做！說服別人沒指望了，我就自己去實踐吧。一直喜歡咖啡館的工作，味道好、環境好，還能學習咖啡知識。比較起星巴克，個人更喜歡COSTA，那就去看看；他們還真的在招聘，可以兼職，有培訓，工作時間靈活，正和我意！只是年齡要求18-45歲，我超齡了！我還年輕力壯，怎麼就不要了吶？現在都招不上工，尤其招不上服務業的工作人員，年齡大點兒的不要，年紀輕的又不願意乾，活該招不上工！

哎！不但行業歧視依然存在，性別歧視依然存在，人口老齡化的現在年齡歧視依然存在！

尋找一個舞台
不是為了觀眾
不是為了認可
只為一曲獨舞
發掘未知的自己

書　　名｜陌陌花開
作　　者｜歸陌
出　　版｜超媒體出版有限公司
地　　址｜荃灣柴灣角街 34-36 號萬達來工業中心 21 樓 2 室
出版計劃查詢｜(852)3596 4296
電　　郵｜info@easy-publish.org
網　　址｜http://www.easy-publish.org
香港總經銷｜聯合新零售（香港）有限公司
出版日期｜2023 年 3 月
圖書分類｜流行讀物
國際書號｜978-988-8806-44-7
定　　價｜HK$68